GUERRA

LOUIS-FERDINAND CÉLINE

Guerra

Tradução
Rosa Freire d'Aguiar

Copyright © 2022 by Éditions Gallimard

Proibida a venda em Portugal.

*Grafia atualizada segundo o Acordo Ortográfico da Língua Portuguesa de 1990,
que entrou em vigor no Brasil em 2009.*

Título original
Guerre

Design de capa
Rowohlt Verlag GmbH, Alemanha

Preparação
Raíssa Furlanetto Cardoso

Revisão
Jane Pessoa
Eduardo Santos

Dados Internacionais de Catalogação na Publicação (CIP)
(Câmara Brasileira do Livro, SP, Brasil)

Céline, Louis-Ferdinand, 1894-1961.
 Guerra / Louis-Ferdinand Céline ; tradução Rosa Freire
d'Aguiar. — 1ª ed. — São Paulo : Companhia das Letras, 2024.

 Título original: Guerre
 ISBN 978-85-359-3742-8

 1. Ficção francesa I. Título.

24-195307   CDD-843

Índice para catálogo sistemático:
1. Ficção : Literatura francesa 843
Cibele Maria Dias – Bibliotecária – CRB-8/9427

Todos os direitos desta edição reservados à
EDITORA SCHWARCZ S.A.
Rua Bandeira Paulista, 702, cj. 32
04532-002 — São Paulo — SP
Telefone: (11) 3707-3500
www.companhiadasletras.com.br
www.blogdacompanhia.com.br
facebook.com/companhiadasletras
instagram.com/companhiadasletras
twitter.com/cialetras

"Peguei a guerra na minha cabeça."
("J'ai attrapé la guerre dans ma tête.")
Manuscrito de Guerra, primeira folha.

Sumário

Introdução — François Gibault, 9
Nota sobre a edição — Pascal Fouché, 19

GUERRA, 23

O MANUSCRITO — Folhas selecionadas, 137

Guerra *na vida e obra de Louis-Ferdinand Céline*, 143
Lista de personagens recorrentes, 151
Notas, 155

Introdução

François Gibault

Sessenta anos depois de sua morte, aqui está publicado um romance inédito de Céline, cuja ação se situa na Primeira Guerra Mundial, a Grande Guerra, e que se refere mais exatamente ao ferimento do autor e às suas consequências. Essas 250 folhas foram mencionadas com o título de "Guerra" pelo próprio Céline numa carta a seu editor Robert Denoël, datada de 16 de julho de 1934: "Resolvi editar *Morte a crédito*, livro I, e no ano que vem, *Infância, Guerra, Londres*".

Este livro é ao mesmo tempo um relato e um romance. Um relato que, no correr das páginas, torna-se cada vez mais romanceado.

Logo no início do livro, Céline conta que, gravemente ferido no braço direito e muito provavelmente na cabeça, no dia 27 de outubro de 1914, em Poelkapelle, Bélgica, estirado no chão e coberto de sangue, rodeado de mortos, morrendo de fome e de sede, ele perdia os sentidos de vez em quando, até finalmente conseguir se pôr de pé.

Estas páginas têm um toque de verdade que leva a pensar que

se trata do relato de lembranças verdadeiras, até mesmo quando um soldado inglês, com quem ele fala em inglês, vai ajudá-lo, e graças a quem consegue retornar para as nossas linhas de frente. Na carta que enviou em 5 de novembro de 1914 ao irmão Charles, o pai de Louis Destouches escrevia:

> Ele foi atingido em Ypres no momento em que, na linha de fogo, transmitia as ordens da divisão a um coronel de infantaria. A bala que o atingiu de ricochete estava amassada e achatada por um primeiro impacto; tinha limalhas de chumbo e asperezas que causaram uma ferida bastante grande, e o osso do braço direito foi fraturado. Essa bala foi extraída na véspera do dia em que conseguimos chegar à sua cabeceira; ele não quis que o anestesiassem e suportou com muita coragem a extração dolorosa.

Nessa mesma carta, Ferdinand Destouches explicava que seu filho tivera de andar sete quilômetros a pé até encontrar o segundo escalão dos hospitais de campanha, onde a fratura foi reduzida. "Ele devia ir de Ypres a Dunquerque num comboio, mas não conseguiu chegar ao fim do trajeto, de tal forma a dor era profunda; teve de descer em Hazebrouck, onde um oficial inglês o conduziu à Cruz Vermelha."

O capitão Schneider, comandante do 2º esquadrão do 12º Regimento de Couraceiros, em que servia Louis Destouches, escreveu ao pai deste último:

> Seu filho acaba de ser ferido, caiu como um bravo, indo ao encontro das balas com um entusiasmo e uma coragem a que não renunciou desde o início da campanha.

Esse comportamento heroico é confirmado pela distinção que em seguida lhe foi concedida:

Em ligação entre um regimento de infantaria e sua brigada, ofereceu-se espontaneamente para levar, sob um fogo violento, uma ordem que os agentes de ligação da infantaria hesitavam em transmitir. Levou essa ordem e foi gravemente ferido durante sua missão.

Essa ação lhe valeu, já no dia 24 de novembro, ser condecorado com a medalha militar, legião de honra dos suboficiais e homens da tropa, e depois com a cruz de guerra assim que ela foi criada, em abril de 1915.

As primeiras páginas do livro correspondem, portanto, ao que de fato aconteceu em Poelkapelle no dia 27 de outubro de 1914, embora subsista uma dúvida quanto às circunstâncias de uma pancada na cabeça que Céline parece ter recebido no mesmo dia, ao ser projetado contra uma árvore depois de uma explosão. Esse ferimento nunca foi homologado, mas não há dúvida de que Céline se queixou a vida toda de nevralgias, acompanhadas de violentos acuofênios, como se um trem passasse em sua cabeça.

Marcel Brochard, que conheceu Louis Destouches em Rennes, falava de uma alteração do tímpano decorrente do estrondo das explosões no campo de batalha. Quanto a seu sogro, o professor Follet, atribuiu esses incômodos a uma bola de cerúmen e praticou uma insuflação tubária que provocou um agravamento do mal. Mais tarde, Élie Faure, que era médico, pendeu para a doença de Ménière à qual Céline se refere em vários textos.

Helga Pedersen, antiga ministra dinamarquesa da Justiça e ex-presidente da Fundação Mikkelsen, pôs à minha disposição um documento escrito por Céline, que constitui uma espécie de balanço de sua saúde, no qual se pode ler:

CABEÇA. Dor de cabeça permanente (ou quase) (cefaleia) contra a qual qualquer medicação é mais ou menos inútil. Tomo oito comprimidos de gardenal por dia — mais dois comprimidos de aspirina, me massageiam a cabeça diariamente, essas massagens me são muito dolorosas. Sou atacado de espasmos cardiovasculares e cefálicos que me impossibilitam todos os esforços físicos — (e a defecação). Ouvido: completamente surdo orelha esquerda com zumbidos e assobios intensos ininterruptos. Esse é meu estado desde 1914, por ocasião de meu primeiro ferimento, quando fui projetado contra uma árvore por uma explosão de obus.

Lucette Almansor, que dividiu a vida com Céline desde 1935 até a morte do escritor em 1961, confirmou as dores na cabeça que ele menciona em vários romances e em muitas cartas. Rezava a lenda que ele tinha sido trepanado, lenda que ele deixou circular sem jamais desmenti-la. Assim, no prefácio da primeira edição de *Viagem ao fim da noite* na coleção da Pléiade, de 1962, o professor Henri Mondor, ele mesmo médico, falava de "fratura de crânio", de sua "pobre cabeça fraturada", de seu "crânio quebrado", de sua "rachadura do crânio". Céline não o desmentiu quando o texto lhe foi submetido.

De seu lado, Marcel Aymé, nos *Cahiers de L'Herne*, escreveu: "Depois de uma trepanação necessária devido a um ferimento na cabeça, trepanação que ele dizia ter sido malfeita, sempre sofreu de violentas enxaquecas". Resta que a versão de Céline, segundo a qual ele teria sofrido uma pancada na cabeça, é a mais verossímil — e as primeiras páginas de *Guerra* parecem corresponder à verdade.

Depois disso, é mais difícil fazer a distinção entre realidade e ficção, especialmente em tudo o que se refere a Peurdu-sur-la--Lys, isto é, Hazebrouck, onde Louis foi hospitalizado.

Um dos personagens importantes dessa parte do romance é a enfermeira L'Espinasse, que parece aproveitar-se da situação para se entregar, com os feridos, a práticas que a moral reprova. Quanto a isso, de novo convém separar a lenda e a realidade... E a esse respeito, *Guerra* não consegue alimentar a sério os rumores em torno de uma enfermeira chamada Alice David que teria dado à luz uma menina cujo pai seria Céline. Muita gente fantasiou a esse respeito desde a descoberta do manuscrito, evidentemente sem tê-lo lido, a ponto de alguns afirmarem que Céline aí confessava sua paternidade, o que não é de jeito nenhum o caso. Em compensação, sabemos, e há muito tempo, que uma sra. Hélène Van Cauwel, esposa de um farmacêutico instalado na Rue de l'Église, 29, em Hazebrouck, recebia em sua casa o sargento de cavalaria Destouches, quando ele tinha permissões, e que uma enfermeira, Alice David, tomara-se de amizade por ele, e talvez um pouco mais que isso. Segundo essa única testemunha, que morreu centenária, Céline não só teria sido amante de Alice, como teria tido uma filha com ela, que nunca ninguém viu.

Pierre-Marie Miroux, céliniano e pesquisador de qualidade, fez longas e minuciosas pesquisas no norte da França sem conseguir confirmar essa informação, que não lhe parece corresponder à verdade.

Alice David tinha quarenta anos, Louis Destouches tinha vinte, nunca ninguém conheceu nenhum amante dela, que era muito religiosa e sempre viveu numa casa de família dividida com vários irmãos, dos quais um pelo menos era padre. E nas poucas cartas que escreveu a Louis quando ele saiu de Hazebrouck, nunca se falou de uma criança, nem sequer por alusão. Se é verdade que sua carta de 9 de fevereiro de 1915 terminava com "boa noite, meu querido", a carta anterior, de 31 de janeiro, terminava assim: "Adeus, meu irmão querido, sua irmã mais velha lhe agradece a carta e o beija de todo coração. — Para quando uma foto sua?".

Pierre-Marie Miroux encontrou, afinal, a certidão de registro em cartório estabelecida pelo tabelião encarregado da sucessão de Alice David, falecida em 1943, documento que leva a crer que ela deixou como único herdeiro seu irmão, o cônego Maurice David, argumento a que evidentemente se pode objetar que a criança poderia ter morrido antes da mãe.

É claro que não se exclui que Alice David tenha sido o modelo da L'Espinasse, mas se trata de um personagem muito diferente de Alice David, solteirona sentimental e muito religiosa, para não dizer carola.

Guerra termina com a partida para a Inglaterra, um tanto rocambolesca, e que sabemos ser pura invenção, embora se confirme que, uma vez restabelecido, Louis Destouches partiu para Londres, onde trabalhou no Consulado Geral da França de maio a dezembro de 1915. Aliás, voltou para lá a fim de se casar com Suzanne Nebout no dia 19 de janeiro de 1916. Foi também da Inglaterra, de Liverpool mais exatamente, que embarcou no dia 10 de maio de 1916 no *RMS Accra*, da British and African Steam Navigation Company, com destino a Duala, Camarões.

Nunca houve concordância perfeita entre os acontecimentos vividos por Céline e sua evocação em seus romances. Afinal, ele não contou a África e os Estados Unidos em *Viagem ao fim da noite*, publicado em 1932, antes de sua infância na Passage de Choiseul e da primeira temporada na Inglaterra, que só aparecem em 1936, em *Morte a crédito*? E Berlim em *Norte*, depois de ter evocado Sigmaringen em *De castelo em castelo*? E a temporada em Londres em *Guignol's band*, muitos anos depois de ter vivido lá?

Alguns objetarão que os acontecimentos relatados em *Guerra* caberiam em *Viagem ao fim da noite*, o que é cronologicamente exato. No entanto, não há dúvida de que esses capítulos foram escritos depois da publicação de *Viagem*. Céline considerava que este romance estava terminado. Portanto, não se trata de trechos de seu primeiro romance que Céline, por uma ou outra razão, teria excluído. No verso de uma página do manuscrito figura o endereço californiano de Elizabeth Craig na época do rompimento entre eles, ou seja, em 1933-4, indício que autoriza datá-lo posteriormente a *Viagem ao fim da noite*, romance que obteve em 1932 o Prêmio Renaudot.

O reaparecimento deste texto e de outros manuscritos inéditos, todos roubados no apartamento de Céline na época da Libertação de Paris, deu muito o que falar. Foram restituídos aos herdeiros de Lucette Almansor, viúva e única herdeira de Céline, que era proprietária dos escritos, embora aquele que os detinha tivesse se comprometido — pelo menos foi o que ele declarou aos investigadores — a não entregá-los a ela, o que constitui a prova de que ele sabia que Lucette Almansor era mesmo a legítima proprietária. A isso convém acrescentar que, do fundo de sua prisão dinamarquesa, Céline se queixara de ter tido roubados vários manuscritos cuja lista correspondia de fato aos que hoje estão nas mãos de seus herdeiros.

Não é oportuno relatar aqui as circunstâncias em que o manuscrito de *Guerra*, ao mesmo tempo que outros manuscritos de Céline, entre eles o de *Morte a crédito*, entrou em possessão dos herdeiros de Lucette Almansor. Mas não há duvida de que é a primeira vez que, tantos anos depois da morte do escritor, mais exatamente, sessenta anos, textos dessa importância são encontrados e podem assim ser publicados pelos titulares do direito moral de sua obra, e que tiveram o cuidado de que eles fossem levados ao conhecimento do público tão depressa e tão escrupulosamente quanto possível.

Tratando-se de *Guerra*, o manuscrito revela uma escrita muito rápida, visivelmente a primeira versão, em que muitas palavras foram decifradas com dificuldade e outras, felizmente bastante raras, permaneceram ilegíveis. O manuscrito de *Viagem ao fim da noite*, vendido na sala de leilões Drouot em 15 de maio de 2001 e objeto de preempção por parte da Biblioteca Nacional da França, é escrito de modo muito mais legível e sereno do que o de *Guerra*. Mas era o último estágio do livro, recopiado pelo próprio Céline e destinado à sua secretária da época, Jeanne Carayon, encarregada de datilografar o exemplar entregue às editoras.

Outros textos oriundos dos manuscritos serão publicados posteriormente sob a direção de Henri Godard e Régis Tettamanzi, a saber, *Londres*, complementos de *Casse-pipe** e *La Volonté du Roi Krogold*, título que costumava ser citado em outras obras de Céline, a começar por *Morte a crédito*. O texto de *Londres* constitui, é claro, uma continuação de *Guerra*, cujo último capítulo relata a partida do narrador para Londres a convite de um rico major britânico, amante ocasional de Angèle, ex-amante de Cascade — que foi fuzilado por mutilação voluntária depois que ela o denunciou às autoridades militares.

Este último episódio mostra, por si só, como o romance inédito é céliniano, tanto pela constante vizinhança do trágico e do cômico como pelo fato de que, nele, Céline exprime, como fizera em *Viagem ao fim da noite*, seu horror da guerra e da morte, que são constantes em toda a sua obra.

Céline ladeou a morte várias vezes, durante a Grande Guerra, no front e nos hospitais onde foi tratado, no navio *Le Chella* em 1939, durante a sua temporada na Alemanha de agosto de 1944 a março de 1945, e mais ainda no exercício de sua profissão de médico.

Louis Destouches voltou da frente de batalha mutilado em sua carne e em seu espírito e, como todos os ex-combatentes da

---

* *"Casse-pipe"* é uma gíria familiar da época da Primeira Guerra Mundial para dizer "guerra", "zona de combate". *"Casser la pipe"* significa morrer. (N. T.)

Grande Guerra, impregnado da ideia do "nunca mais" e da esperança de que se tratasse de fato da *Der des Der*.*

Foi para tentar evitar o retorno de horrores semelhantes que Céline escreveu *Viagem ao fim da noite*, mas infelizmente não serão os escritores, por mais talentosos que sejam, que mudarão o mundo.

O sargento de cavalaria Destouches foi, assim, testemunha da Segunda Guerra Mundial, já que a Alemanha e a França, essas duas nações cristãs, não esperaram mais de vinte anos para se jogarem de novo uma contra a outra — o que valeu aos leitores de Céline suas três últimas obras-primas, *De castelo em castelo* (1957), *Norte* (1960) e *Rigodon*, publicado em 1969, depois de sua morte. Essa trilogia tão trágica quanto cômica, em que ele evoca a agonia de Berlim debaixo das bombas, os últimos sobressaltos do Estado francês em Sigmaringen e a fuga com a mulher Lucette e o gato Bébert através da Alemanha em chamas, constitui a genial apoteose de uma obra comparável a nenhuma outra.

---

* A expressão *"Der des Ders"* foi forjada no fim da Primeira Guerra e significa "a última das últimas" (guerras). (N. T.)

Nota sobre a edição

Pascal Fouché

Guerra foi transcrito a partir de um manuscrito inicial, o único conhecido, que comporta inúmeras emendas e rasuras e no qual certas páginas sofreram correções. O texto aqui apresentado restitui o último estágio da redação, exceto os poucos raros casos em que uma correção ilegível pôde ser substituída pela versão anterior.

Bem conservado, o manuscrito é dividido em seis "sequências". A primeira, de 38 páginas, comporta o número dez dentro de um círculo, no alto da primeira, o que poderia significar que ela vem em seguida a outra; suas primeiras palavras, "Não totalmente", voluntariamente omitidas na transcrição, reforçam essa hipótese. Sua última página, a única que menciona Noirceur-sur-la-Lys, não pertence, de modo evidente, a essa versão, mas aí foi encontrada, e não pode caber em nenhuma das outras sequências; ela foi transcrita em nota (ver p. 155, nota 3). A segunda sequência, de 71 páginas, comporta como cabeçalho o número um escrito em lápis azul. A terceira, de 37 páginas, o número dois, em lápis azul. A quarta, de 32 páginas, a menção "2", em lápis azul. A quinta, de 21 páginas, o número três, em lápis azul. A sexta, de 51 páginas, o número quatro, em lápis azul. Certas páginas da quarta sequência trazem algo no verso: vários formulários em branco do "Certificado médico" destinado a atestar o grau de incapacidade de trabalho para a "Assistência obrigatória aos idosos, inválidos e aos incuráveis" do dispensário de Clichy, onde o dr. Destouches atendia desde janeiro de 1929, e um rascunho de carta a Elizabeth Craig com seu endereço em Los Angeles e datando provavelmente do primeiro semestre de 1934.

Correções mínimas de ortografia foram feitas quando, visivelmente, não se tratava de erro voluntário do autor; por exemplo, a confusão entre o futuro e o condicional se apresenta várias vezes. As abreviações, frequentes e recorrentes em Céline, foram quase sempre postas por extenso. Algumas palavras, nitidamente riscadas por engano, puderam ser conservadas para melhor compreensão do texto. Da mesma maneira, quando, ao que tudo indica, uma palavra foi omitida involuntariamente, tratamos de restabelecê-la.

Algumas palavras dificilmente legíveis, portanto incertas, foram conservadas como leituras conjecturais; figuram entre colchetes.

Por fim, certas palavras revelaram-se ilegíveis, muitas vezes por fazerem parte de uma rápida reescrita; estão assinaladas por uma menção em itálico entre colchetes.

A pontuação só foi corrigida ou acrescentada nos casos em que ajuda a leitura.

A grafia dos nomes próprios foi respeitada mas padronizada, ao longo de todo o texto, segundo a forma mais frequente. Quando um personagem muda de nome, acrescenta-se uma nota.

Alíneas, que geralmente são pouco numerosas em seus manuscritos, pois Céline as integra ao retrabalhar o texto, foram introduzidas para facilitar a leitura. Da mesma maneira, os diálogos, quase nunca sinalizados, foram sistematicamente remetidos a uma nova linha e precedidos de travessões.

Insisto em expressar todo o meu reconhecimento a Antoine Gallimard por sua confiança renovada, bem como a Jean-Pierre Dauphin que, até sua morte, me permitiu aproveitar sua imensa cultura céliniana.

A organização definitiva deste texto não teria sido possível sem a ajuda e os preciosos conselhos de Alban Cerisier, Marine Chovin, François Gibault, Henri Godard, Éric Legendre, Hugues Pradier, Véronique Robert-Chovin e Régis Tettamanzi; a eles agradeço infinitamente.

Durante a leitura, é possível se reportar à Lista dos personagens recorrentes, publicada no fim do volume, bem como à nota que apresenta os ecos do texto na vida e na obra do escritor.

Parte da noite seguinte ainda tive de ficar lá. Toda a orelha esquerda estava grudada na terra com sangue, a boca também. Entre as duas havia um barulho imenso. Dormi com esse barulho e depois choveu, chuva bem cerrada. Kersuzon ao lado estava pesadíssimo, esticado debaixo da água. Mexi um braço na direção de seu corpo. Toquei. Com o outro eu já não conseguia. Não sabia onde estava o outro braço. Ele tinha subido pelos ares, bem alto, rodopiava no espaço e depois tornava a descer para me puxar pelo ombro, na carne a cru. Isso me fazia berrar um tempão, toda vez, e era ainda pior. Depois eu conseguia fazer menos barulho, sempre gritando, do que o horror de estrondo que me arrebentava a cabeça, dentro, que nem um trem. Não adiantava nada me revoltar. Foi a primeira vez que dormi, naquela lama cheia de obuses que caíam assobiando, em meio a todo o barulho imaginável, sem propriamente perder consciência, isto é, em suma, no horror. A não ser durante as horas em que me operaram, nunca mais perdi totalmente consciência. Sempre dormi assim em meio a um ruído atroz desde dezembro de 1914. Peguei a guerra na minha cabeça. Ela está trancada na minha cabeça.

Bem. Então, como eu dizia, no meio da noite me virei de bruços. Foi bom. Aprendi a diferenciar os ruídos de fora e os ruídos que nunca mais me largariam. Em matéria de sofrimento, eu também o degustava em cheio no ombro e no joelho. Mesmo assim me pus de novo em pé. Apesar de tudo isso, afinal, eu estava com fome. Virei um pouco sobre mim mesmo na espécie de cercado onde tínhamos encontrado nosso fim, com Le Drellière e o comboio. Onde é que ele podia estar naquele momento? E os outros? Horas, uma noite inteira e quase um dia haviam se passado desde que tínhamos vindo esborrachá-los. Agora eles eram apenas uns montículos de nada, na ladeira e depois no pomar onde nossas viaturas fumegavam, crepitavam e chamuscalhavam aqui e ali. O grande furgão-forja não tinha acabado de ser horrendamente carbonizado, a carroça das forragens tinha se deixado carbonizar, digamos assim, ainda mais. Não reconheci o sargento-ajudante naquele ambiente. Reconheci mais longe um dos cavalos com alguma coisa atrás dele, uma ponta de timão, em meio às cinzas, largado contra o muro da quinta que acabava agorinha mesmo de desabar aos pedaços. Eles deviam ter voltado para se precipitar novamente a galope pelos escombros em pleno bombardeio, empurrados na bunda bem no meio da metralha, se é que se pode dizer assim. O Le Drellière tinha trabalhado bem. Ainda continuei agachado no mesmo lugar. Era só lama de obus bem triturada. Naquele momento tinham vindo pelo menos uns duzentos obuses. Mortos aqui e acolá. O cara dos bornais, esse aí tinha rebentado que nem uma granada, podemos dizer assim, do pescoço até o meio da calça. Na sua pança já tinham até mesmo dois ratos bem gorduchos que papavam seu bornal de caroços bem ressecados. Cheirava a carne estragada e a queimado, aquela cerca, mas sobretudo o montão do meio onde havia bem uns dez cavalos, todos estripados, uns em cima dos outros. Foi lá que terminou o galope, estacado de vez por uma granada, ou três, a dois metros. De repente, no mais profundo da minha barafunda, me veio ao espírito a lembrança da sacola da grana[1] que Le Drellière carregava com ele.

Eu continuava sem saber o que pensar. Não tinha condições de refletir muito a fundo. Mesmo assim, apesar do horror em que estava, aquilo me atormentava brutalmente, além do barulho de tempestade que eu levava para passear. Pelo visto, parecia que, no final das contas, só eu tinha sobrado daquela aventura desgraçada. O canhão lá longe eu também não tinha muita certeza de ainda escutá-lo. Tudo se confundia. Nos arredores vi uns pequenos grupos a cavalo, a pé, que se afastavam. Bem que eu gostaria que fossem os alemães, mas eles não se aproximavam. Na certa tinham mais o que fazer, em outras direções. Deviam ter ordens. Aqui, em matéria de batalha, o terreno devia estar esgotado. Em suma, cabia só a mim reencontrar o regimento! Onde é que esse aí podia estar? Para pensar, ainda que só um tiquinho, eu precisava recomeçar várias vezes como quando a gente se fala na plataforma de uma estação e um trem passa. Um fiapinho de pensamento muito forte de cada vez, um depois do outro. É um exercício que cansa, garanto a vocês. Agora estou treinado. Vinte anos, a gente aprende. Tenho a alma mais dura, como um bíceps. Já não acredito nas facilidades. Aprendi a tocar música, a dormir, a perdoar, e, como veem, a fazer bela literatura também, com uns pedacinhos de horror arrancados do ruído que nunca mais vai terminar. Passemos.

Nos escombros do grande furgão da forja havia conservas de carne. Com o incêndio, estouraram, mas para mim ainda estavam boas. Mas tem a sede. Tudo o que comi com a mão estava cheio de sangue, necessariamente, meu e de outros. Então, mesmo assim, procurei um cadáver que ainda tivesse uma pinga consigo. Encontrei bem lá no fundo perto da saída do cercado, num caçador a cavalo. No seu capote havia uns bordeaux, até mesmo duas garrafas. Roubados, claro, bordeaux de oficial. Depois me dirigi para leste, de onde a gente tinha vindo. Uns cem metros. Senti direitinho que eu começava a não ver muito bem as coisas no seu devido lugar. Pensava ver um cavalo no meio do campo. Queria montar nele e quando cheguei bem perto era apenas uma vaca toda inchada, morta há três dias. Isso me cansava ainda mais, é evidente. E logo também vi peças de baterias que certamente não existiam. Com meu ouvido já não era a mesma coisa.

Milicos de verdade, eu continuava sem encontrar. Mais quilômetros. Bebi sangue de novo. Quanto ao barulho, tudo se acalmava um pouco na minha cabeça. Mas aí então vomitei tudo, e as duas garrafas inteiras. Tudo rodava. Merda, Ferdinand, foi o que eu disse para mim mesmo. Você não vai morrer agora, que já fez o mais difícil!

Nunca fui tão valente. E depois, pensei na sacola, em todos os furgões [do regimento] bem saqueados e então fiquei com três dores ao mesmo tempo, no braço, em toda a cabeça com um zumbido horrível e, ainda mais profunda, na consciência. Entrei em pânico pois no fundo sou um moço bonzinho. Teria falado comigo mesmo, bem alto, se o sangue não tivesse grudado a minha língua. Em geral isso me dá coragem.

Aquele terreno era plano — mas as valas traiçoeiras e bem profundas, cheias de água, dificultavam muito avançar. Tinha que fazer desvios que não acabavam mais, e voltava-se para o mesmo lugar. Mesmo assim acho que ouvi umas balas assobiarem. Seja como for, o bebedouro onde parei era com toda certeza um de verdade. Eu segurava o braço com o outro porque já não conseguia deixá-lo reto. Ele tinha morrido ao meu lado. Havia uma espécie de grande esponja feita de pano e sangue na altura do meu ombro. Se eu o mexia um pouco, parava de viver, de tal maneira isso me causava uma dor atroz que iria até o fim da vida, se posso dizer assim.

Sentia que ainda restava muita vida ali dentro, que por assim dizer resistia. Se me contassem, nunca teria acreditado que aquilo era possível. Agora, até que eu andava direitinho, bem, duzentos metros de cada vez. Como sofrimento, era abominável em todo lugar, desde abaixo do joelho até dentro da cabeça. Fora isso, o ouvido era um mingau sonoro, as coisas já não eram exatamente as mesmas e nem mais como antes. Pareciam feitas de resina, as árvores pareciam não estar plantadas, na estrada debaixo de minhas botinas se formavam subidas e pequenas descidas. Eu não tinha mais nada me cobrindo além de minha túnica e da chuva. Não havia ninguém. Minha tortura de cabeça eu a ouvia bem forte no campo tão grande e tão vazio. Quase me dava medo escutar a mim mesmo. Achava que ia reacender a batalha de tanto barulho que eu fazia por dentro. No meu interior eu fazia mais barulho do que uma batalha. Num clarão de sol, ergue-se acima dos campos um campanário de verdade, um enorme. Vá por ali, digo para mim mesmo. É um destino como qualquer outro. E depois me sento — com minha grande zoeira na cachola, meu braço aos pedaços, e me forço a lembrar o que acabara de acontecer. Não consegui. A memória estava uma bagunça. E também, primeiro, eu sentia muito calor, e até o campanário variava de distância, nos meus olhos ele trespassava bem pertinho, ou mais longe. Talvez seja uma miragem, pensei. Mas não sou tão idiota. Já que sinto dor em toda parte, o campanário também existe. Era uma maneira de raciocinar, de reencontrar a fé. Eis-me de novo caminhando pelo acostamento. Num desvio, um fulano num chão lamacento se mexe, com toda certeza ele me vê. Acho que é um cadáver que se contorce, pode ser que eu esteja tendo alucinações. Ele estava vestido de amarelo com um fuzil, eu nunca tinha visto gente vestida igual a ele. O cara tremia, ou era eu. Faz-me um sinal para que eu me aproxime. Então eu vou. Não corria nenhum risco. Então ele fala de perto comigo. Reconheço imediatamente. Era um inglês. Do jeito que eu estava, me parecia fantástico que ele fosse inglês. Com sangue na cara como eu tinha, respondo-lhe em inglês, que me vem na mesma hora. Eu, que não queria soltar doze palavras quando estava lá para aprender a língua, me ponho a conversar com o cara de amarelo. A emoção, talvez. Me fazia bem, até no ouvido, falar com ele em inglês. Parece que eu tinha menos barulho. Com isso, ele me ajuda a andar. Segura-me com muito cuidado. Eu parava a toda hora. Penso que ainda assim é melhor que seja ele do que um imbecil dos nossos que tenha me encontrado. Para ele ao menos eu não precisava contar toda a guerra e como é que nossa expedição tinha acabado.

— Where are we going? — pergunto...

— A Yprèss! — ele me diz.

Yprèss era com toda certeza aquele campanário. Portanto, era um de verdade, um campanário de cidade. Ainda tínhamos bem umas quatro horas de marcha capengando como íamos, pelas trilhas e sobretudo pelos campos. Eu já não via muito claramente mas via tudo vermelho por cima. Tinha me dividido em partes, no corpo inteiro. A parte molhada, a parte que estava bêbada, a parte do braço, que era atroz, a parte do ouvido, que era abominável, a parte da amizade pelo inglês, que era um grande consolo, a parte do joelho, que fazia o que lhe dava na telha, ao acaso, a parte do passado, que já tentava, lembro-me muito bem, se agarrar no presente e que não aguentava mais — e aí, depois, o futuro que me dava mais medo que todo o resto, quer dizer, uma parte esquisita que queria por cima das outras me contar uma história. Já nem sequer se podia chamar aquilo de desgraça, era engraçado. Em seguida a gente andou mais um quilômetro e depois me recusei a avançar.

— Aonde é que você ia? — pergunto de chofre, só para saber. Paro. Não avanço mais. No entanto, o Ypres dele não é muito longe. Os campos giravam à nossa volta, inchavam formando grandes bossas movediças como se ratos imensos levantassem torrões ao se deslocarem debaixo dos sulcos. Talvez até fosse gente. Era um exagero, um exército que parecia estar rente à terra... Aquilo se remexia como o mar em verdadeiras ondas... Era melhor que eu ficasse sentado. Até porque eu ando com todos os barulhos da tempestade que me passavam entre os dois ouvidos. Na cabeça eu não era mais do que uma correnteza de furacões. De repente berrei bem alto.

— I am not going! I am going to the guerra de manobra!

E foi dito e feito. Levantei-me ainda com o meu braço e meu ouvido, sangue por todo lado, e voltei a caminhar para o lado do inimigo de onde vínhamos. Então o companheiro me deu uma espinafração e entendi todas as palavras. Eu devia estar com a febre subindo, e quanto mais carregava aquele calor mais facilmente compreendia o inglês. Mancava mas em matéria de bravura era teimoso. Ele já não sabia como me deter. Por assim dizer, brigamos no meio da planície. Ainda bem que não tinha ninguém para nos olhar. Finalmente foi ele que ganhou, me apertou pelo braço, aquele que estava esticado. Então, fatalmente, ganhou. Fui atrás dele. Mas não tínhamos andado nem quinze minutos no sentido da cidade quando vejo na estrada, vindo em nossa direção, bem uma dezena de cavaleiros de cáqui. Vendo-os assim tão perto imagino coisas, que a batalha vai recomeçar.

— Hurray! — vocifero de longe mal os vejo. — Hurray!

Agora sabia que eram os ingleses.

— Hurray! — me respondem.

O oficial deles se aproxima. Me dirige um cumprimento.

— Brave soldier! Brave soldier! — diz. — Where do you come from?

Pois é, eu não tinha mais pensado de onde que eu comava from [sic]? Esse pilantra me fez sentir medo outra vez.

Eu queria de novo dar no pé tanto para a frente como para trás, para os dois lados. O companheiro que tomara conta de mim me tascou de repente um baita pontapé na bunda, direção cidade. Mais ninguém queria que eu fosse valente. Eu já não sabia onde pôr minhas ideias, na frente ou atrás, e dentro eu sentia muita dor. Le Drellière não tinha visto nada disso. Morreu cedo demais. A certa altura a estrada, positivamente, subiu na minha direção, bem suave, um verdadeiro beijo se posso dizer assim, até a altura dos olhos, e me deitei em cima dela como numa cama bem macia com meu enorme bombardeio dentro da cabeça e tudo. E depois tudo aquilo se acalmou ainda mais e os cavalos dos cáquis vieram de novo na minha direção, quer dizer, o [estúpido] galope deles, porque não vi mais ninguém.

Quando recuperei minha espécie de espírito, estava numa igreja, em cima de uma cama de verdade. Acordei com o ruído de meus ouvidos, de novo, e de um cachorro que eu achava que estava me comendo o braço esquerdo. Não insisti. A não ser que me abrissem a barriga brutalmente e a frio, e ainda assim, eu não podia sentir mais dor em todo o corpo. Isso não durou uma hora, mas a noite toda. Vi passar um estranho gesto naquela sombra em frente a meus olhos, tão mole e tão melodioso que foi como se despertasse alguma coisa em mim.

Eu já não acreditava. Era o braço de uma moçoila. Isso eu percebi sem pestanejar, apesar de tudo, sem pedir licença, meu pinto levantou. Procurei com um olho o lugar da bunda. Achei que aquele traseiro rebolava aqui e ali sob o tecido bem esticado, entre as camas. Como um sonho que recomeça. A vida tem cada coisa. As ideias subiram meio atravessadas, como que embaralhadas, e seguiram o traseiro, à espera, bem-comportadas. Levaram-me rolando até um canto dessa igreja, um canto cheio de luz. Ali, de novo perdi os sentidos por causa do cheiro, imagino, devia ser para me fazer dormir. Dois dias tiveram de passar, com mais dores ainda, enormes barulhos na minha cabeça grande, do que vida verdadeira. É engraçado que eu me lembre desse momento. Não é tanto que me lembre de tê-lo degustado, mas de não ser mais responsável, feito um idiota, por coisa nenhuma, nem mesmo pela minha carne. Era mais que abominável, era uma vergonha. Era toda a pessoa que nos deram e que a gente defendeu, o passado incerto, atroz, já todo ressecado, que era ridículo nesses momentos, se desmanchando e correndo atrás de seus pedaços. Eu olhava para ela, para a vida que quase me torturava. Quando ela me trouxer a agonia definitiva, vou cuspir na cara dela, assim. A partir de dado momento a agonia é uma imbecil, não venham me tapear, a conheço bem. Eu a vi. A gente vai se reencontrar. Temos uma conta a acertar. Que ela se dane.

Mas tenho que contar tudo. Ao final de três dias, teve um obus que veio explodir no grande altar, um de verdade. Os ingleses, que mantinham o hospital militar, decidiram que nós todos íamos embora. Eu não fazia muita questão. Aquela igreja tinha formas que também se moviam, pilastras de suspiro, que se enrolavam como na festa popular, no amarelo e verde dos vitrais. Bebia-se limonada na mamadeira. Em certo sentido, tudo isso era bom. Quer dizer, no lugar em que passam os líquidos. Numa noite de pesadelo, cheguei a ver desfilar no alto das abóbadas, em cima de um cavalo todo dourado com asas, o general Métuleu des Entrayes* que com toda certeza me procurava...

---

* Céline deforma e recria nomes de vários personagens e lugares. Assim, o nome do general Des Entrayes pode ser lido como *"Des Entrailles"*, ou seja, "das Entranhas". Mais adiante, a sala Saint-Gonzef faz um trocadilho com

Ele me escrutava, tentava me reconhecer e depois sua boca se mexeu e seu bigode começou a bater feito uma borboleta.

— Eu mudei, não é, Métuleu? — foi o que lhe perguntei bem baixinho e bem familiarmente.

E aí peguei no sono apesar de tudo, com uma angústia a mais, muito nítida, bem no canto entre as órbitas e que ia mais ao fundo das ideias, e ainda mais longe do que o barulho, enorme porém, que não consigo acabar de descrever.

Certamente nos transportaram para a estação e depois nos dividiram no trem. Eram furgões. Ainda estavam com cheiro de estrume fresquinho. Iam andando bem devagar. Não fazia tanto tempo que a gente tinha chegado em sentido contrário para fazer a guerra. Um, dois, três, quatro meses já tinham se passado. No meu vagão não havia nada além de duas fileiras de macas. Eu estava pertinho da porta. Havia mais um cheiro, o dos mortos, também o conhecia bem, e de fenólico. Deviam ter nos evacuado com urgência do hospital de campanha.

— Hê... Hê! — foi o que eu fiz como uma vaca assim que acordei um pouco, porque era o lugar certo.

Primeiro, ninguém respondeu. Íamos andando, é o caso de dizer, passo a passo. Depois de três vezes, houve dois no fundo que me responderam:

— Hê...! Hê! — é um bom grito para os feridos. É mais fácil de dizer.

Tchucu! Tchucu!... ao longe, era sem a menor dúvida a máquina que pegava a descida. As explosões do meu ouvido não me enganavam mais. Tudo parou à beira de um rio que escorria da lua e depois recomeçamos, sacolejando. Era quase igualzinho à ida, em suma. Aquilo me lembrava a batalha de Péronne. Eu me

---

"*gonzesse*" (moça) e Josef; a cidade de Peurdu-sur-la-Lys embute "*perdu*" (perdido) e "*peur*" (medo) etc. (N. T.)

34

perguntava quem, se tratando de recrutas, ainda podia estar deitado nos furgões, se eram franceses ou ingleses, ou belgas talvez. Com Hê, hê!, a gente se entende em qualquer lugar, recomecei. Não responderam mais. Só que os que gemiam, gemiam mais. A não ser um, que repetia Marie, com algum sotaque, e depois um *glu-glu* bem pertinho de mim, de um sujeito que com certeza se esvaziava pela boca. Eu também conhecia esse tom. Em dois meses tinha aprendido mais ou menos todos os ruídos da terra e dos homens. Ainda ficamos umas duas horas imóveis naquele terreno, em pleno frio. Só o *tchucu tchucu* da locomotiva. E depois, uma vaca também, que fazia *mu mu* bem mais alto que eu numa pradaria em frente. Respondi a ela para ver. Ela devia estar com fome. Rodamos um pouco, *brum, brum...* Todas as rodas, todas as carnes, todas as ideias da terra estavam amontoadas juntas no barulho no fundo da minha cabeça. Foi nesse momento, enfim, que eu disse a mim mesmo que aquilo ia terminar. Que eu estava farto. Empurrei um pé no chão. Estava firme. Virei de lado. Até me sentei. Olhei a sombra do vagão, em frente, atrás. Pisquei os olhos. Eram corpos que já não se mexiam debaixo dos cobertores das macas. Havia duas fileiras de macas. Eu disse:

— Hê hê.

Então ninguém respondeu. Em pé eu também aguentava, não muito tempo, mas o suficiente para ir até as portas. Com um braço abri-as mais... Sentei-me no rebordo, no meio da noite. Era exatamente como quando subimos para a guerra mas agora tornávamos a descer, ainda mais suavemente. No vagão também não havia cavalos. Devia fazer um frio danado, realmente não era mais verão mas eu sentia um calor e uma sede como no verão, e além disso via coisas na noite. E até ouvi, por causa dos meus barulhos, vozes e depois colunas inteiras que passavam pelos campos, a nem sequer dois metros do chão. Agora era a vez deles. Tudo aquilo ia para a guerra. Eu voltava. Nosso vagão era um bocado pequeno, mas tinha bem uns quinze mortos dentro, quando eu penso nele. Talvez ainda ouvíssemos um canhão bem longe. Os outros vagões deviam ser a mesma coisa. *Tchutt! Tchut!* Era uma pequena locomotiva que custava à beça a carregar aquilo tudo. Íamos para a retaguarda. Se ficar com eles, pensei comigo, vou morrer de vez, mas eu sentia tanta dor e tanto barulho na cabeça que em certo sentido isso teria me feito bem. Afinal, vi de repente o rosto do cadáver que estava na maca ao fundo à direita, e depois o rosto dos outros também, quando o vagão parou sob um lampião de gás. Vê-los me fez falar.

— Hê, hê! — disse para todos eles.

E depois o trem se arrastou ainda mais pela beira do campo, uma pradaria toda coberta de neblina tão densa que pensei: Ferdinand, você vai andar aí em cima como se estivesse em casa.

E andei por cima. Saí andando sem dificuldade por aquele edredom, pode-se dizer. Eu me punha nuvens por todo lado. Pronto, pensei, agora eu deserto de uma vez por todas. Sentei-me, estava molhado. Um pouco mais longe já via os muros da cidade, as muralhas altas, um castelo-fortaleza de verdade a protegendo. Uma grande cidade do Norte com certeza. Vou me sentar bem em frente a ela, eu disse. Agora que eu estava salvo, já não me sentia sozinho. Fiz uma cara marota. Havia Kersuzon, Keramplech, Gargader e o cara Le Cam ao meu redor, em círculo por assim dizer. Só que eles estavam de olhos fechados. Eram repreendas que me dirigiam. Em suma, vinham me vigiar. A gente tinha estado junto por quase quatro anos! No entanto, eu jamais tinha lhes contado lorotas. Gargader sangrava pra valer, bem no meio da testa. Aquilo avermelhava todo o nevoeiro embaixo dele. Eu até lhe fiz essa observação. Kersuzon, é verdade, não tinha mais nenhum braço, mas grandes orelhas para ouvir bem.

Com o cara Le Cam, a gente via o dia através da sua cabeça, pelos olhos, que nem numa luneta. É engraçado. Keramplech, tinha lhe crescido a barba, estava de cabelo comprido feito uma senhora, conservava seu capacete e fazia as unhas com uma ponta de baioneta. Era também para me escutar. Suas tripas escorriam pelos fundilhos até bem longe no campo. Eu tinha de falar com eles, do contrário, sem a menor dúvida iam me denunciar. A guerra, pensei cá comigo, é no norte que ela acontece. Não é por aqui, de jeito nenhum. Eles não disseram nada.

O Rei Krogold[2] voltou para casa. Houve uns tiros de canhão no campo exatamente quando eu dizia isso. Fiz de conta que não ouvi. Não era de verdade, eu disse. Nós quatro cantamos juntos. O Rei Krogold voltou para casa! Cantávamos desafinado. Cuspi na cara de Kersuzon, todo vermelho. Então me veio a ideia. Era bonita. A gente estava diante de Christianie. Era essa a minha opinião, e ainda é. Na estrada, quer dizer, rumo ao sul, eram Thibaut e Joad que vinham na minha direção. Com uns trajes muito esquisitos também, uns trapos, para falar a verdade. Também vinham de Christianie, saquear talvez. Vocês vão morrer de febre, cambada de canalhas! Foi isso que eu berrei. Kersuzon e os outros não se atreviam a me contradizer. Afinal de contas, era eu mesmo o chefe da brigada, mesmo depois do que acontecera. Desertar ou não, pensando bem, sou eu, afinal, que conheço. Tinha de conhecer tudo.

— Conte — eu disse para o Gargader Yvon que era daquela região. — Foi Thibaut que matou o *seu* Morvan, pai de Joad, diga, foi ele que o matou. Conte — eu disse. — Conte-me mais adiante, quer dizer, mais cedo. Conte-me como é que ele o matou, com um punhal, uma corda, um sabre? Não? Com uma pedra grande, pois é, que lhe arrebentou a cara.

— É verdade — o Gargader respondeu. — Exatamente isso, sem tirar nem pôr.

O *seu* Morvan tinha até lhe emprestado um pouco de dinheiro para que ele se calasse, para que não levasse o filho para longe e na aventura, que o deixasse tranquilo e vivesse toda a vida a seu lado, em Terdigonde na Vendeia, como nós antigamente em Romanches, no Somme, e onde a gente se chateava tanto no 22º Regimento antes da guerra. Um dia, ele teve de convidar o pai de Joad, convidados muito poderosos e muito ricos, gente do parlamento que enchia a cara na casa dele. O *seu* Morvan também estava bêbado, até um pouco mais que os outros, bêbado de vomitar. Tinha deixado seu lugar no banquete para se debruçar na janela. Na ruela embaixo ainda não havia ninguém. Sim, um gatinho, e uma pedrona. Justamente, Thibaut estava chegando, pela esquina.

— Seu amigo não virá. Não virá para nos distrair, para nos tocar seu instrumento, e olhe que ele é pago para isso. Ele me tomou vinte escudos de adiantamento... É um ladrão, o Thibaut, eu sempre disse.

Foi nesse momento que Thibaut, que o ouvia, se levantou com a pedrona na mão e o fulminou mortalmente com um só golpe no meio da têmpora, o *seu* Morvan. Era uma injúria bem vingada, todinha, pensando bem. Terrível. Sua alma partiu tal qual ele estava, como o som do sino pesado na primeira badalada, saiu voando.

Thibaut entrou na casa com os peregrinos. Enterraram o procurador três dias depois. A dona Morvan estava muito triste, não desconfiava de nada. No próprio quarto do morto Thibaut se instalou, como um amigo. Ele e Joad foram dar muitas voltas pelas tabernas. E depois os dois se encheram. Joad só pensava em amores distantes, em Wanda, a princesa, a filha do Rei Krogold, nas alturas de Morehande ainda mais ao norte de Christianie. Thibaut só queria aventuras, nem mesmo aquela casa rica conseguiu retê-lo. Matara a troco de nada, pelo prazer, em suma. Ei-

-los indo embora, os dois. Nós os vimos atravessarem a Bretanha como Gargader outrora, deixarem para sempre Terdigonde na Vendeia, como Keramplech.

— Muito bem — eu dizia aos meus três asquerosos —, minha história não é bonita?...

Primeiro, não responderam nada, finalmente foi Cambelech que passou atrás de mim, eu já não o esperava. Estava com a cara toda arreganhada, partida ao meio, o maxilar debaixo pendurado entre os nacos repugnantes.

— Cabo — ele me disse assim, se servindo das duas mãos para fazer a boca funcionar... — Nós aqui não estamos contentes, não é de uma história assim que precisamos...[3]

Em matéria de atordoado, impossível estar mais. Mas ainda assim minha vida era dura, pois foi só dois dias depois que me recolheram, jazendo no final da pradaria para onde me deixei rolar ao sair do vagão. Continuava a dizer bobagens, isso, sem dúvida. Para o hospital foi que me levaram. Primeiro refletiram, antes de escolher. Já não sabiam se eu era belga ou quem sabe inglês, francês eles também hesitavam, de tal forma eu estava embrulhado só em trapos, e tudo isso no meio do caminho. Eu também poderia ser alemão, e eles não teriam nem notado. E além disso, também, em Peurdu-sur-la-Lys havia hospitais de campanha para todos os gostos. Era uma cidadezinha mas em perfeitas condições de receber soldados de todas as batalhas. Puseram-me umas etiquetas na pança e finalmente fui parar no Virginal Secours na Rue des Trois-Capucines que era dirigido por senhoras da sociedade, além das freiras. Não era o que havia de mais seguro como destino, conforme provarei em seguida. Em certo sentido, eu me chateava por estar melhorando, porque precisava fazer um esforço para dizer bobagens enquanto eles me transportavam. Já não era tão sincero. Os dois dias e duas noites no mato tinham, em suma, me feito bastante bem, uma puta vitalidade. Da minha maca eu olhava um pouco de esguelha para ver os caras que me levavam para a cidade, eram enfermeiros de cabelos grisalhos. Quanto à dor e ao barulho, o assobio, toda essa tralha tinha voltado na mesma hora, junto com a consciência, mas era suportável. Resumindo, eu ainda preferia a grande depauperação de antes em que estava quase morto, a não ser uma espécie de diarreia de dores, de [música] e de ideias. Agora não tinha dúvida de que se falassem comigo eu não poderia deixar de responder. Isso é que é sempre grave, embora eu ainda estivesse com a boca cheia de sangue e até mesmo com o chumaço que formava um grande tampão na minha orelha esquerda. O truque do sonho com a lenda eu já não podia ser malandro o suficiente para recorrer a ele e lhes servir a frio, porque agora estava tiritando. Enfim, eu estava frio como um morto, mas só o frio. Não ia bem. Eles me fizeram transpor a porta da cidade, uma ponte levadiça de verdade, com grandes precauções. Cruzamos com oficiais e depois até com um general e depois com ingleses, um monte de soldados, bares, cabeleireiros. Cavalos que eram levados ao bebedouro, isso me lembrava mil coisas. Eu dava uma olhada para essas coisas como lembrança de Romanches. Já fazia quantos meses que tínhamos partido? Era como um mundo inteiro que tivéssemos deixado para trás, como se tivéssemos caído da lua...

Seja como for, eu não perdia nem uma migalha do novo lugar. Não era possível ter chegado mais feio e mais asqueroso do que eu mas mesmo assim eu enganava bem, e afinal aqueles mequetrefes ainda quereriam o paspalho que eu era, o pedaço de carne sanguinolenta ou o ouvido estrepitoso, a minha cabeçorra derrotada, e eu ainda serviria para ser perseguido e mais cruelmente do que nunca.

— Bem, Ferdinand — foi o que eu disse —, você não morreu a tempo, você não passa de um belo covarde, você é um puto de um joão-ninguém, e azar o seu e da sua cara de idiota.

Eu não me enganara muito. Sou dotado para a imaginação, posso dizer isso sem melindrar ninguém. Também não temo a realidade, mas com o que acontecia em Peurdu-sur-la-Lys havia com que baixar a febre de vários batalhões. Nada de perguntas. Explico-me. Que julguem. Também nesses casos somos nosso melhor conselheiro. Apelamos para o que nos resta de esperanças. A esperança não brilha muito forte, uma tênue luzinha no final de um corredor infinito perfeitamente hostil. A gente se contenta.

— Passe, por favor.

Aqui estamos. Os enfermeiros me depositam no subsolo da casa.

— Ele está em coma! — anuncia a sirigaita bem insinuante. — Deixem-no ali, veremos...

Faço barulhos com o nariz ao ouvir essas observações. Invade-me o cagaço de que me metam vivinho numa daquelas caixas. Vejo caixas e cavaletes. De repente a fulustreca volta.

— É o que eu dizia, ele está em coma!

Depois, indagou:

— Pelo menos ele não tem nada na bexiga?

Me pareceu uma pergunta esquisita por mais maldisposto que eu estivesse. Os fulanos carregadores não sabiam de nada da minha bexiga. Justamente eu estava com vontade de mijar. Deixo soltar, escorre da maca e depois pelo chão, em cima da cerâmica. Isso a intrometida vê. De repente ela abre a minha calça. Me apalpa o pinto. Os caras saem para ir buscar outro desmilinguido. Aí então a lambisgoia insiste com mais empenho na minha calça. Vocês acreditem se quiser mas senti uma paudurecência. Eu não queria parecer morto demais para que não me encaixotassem, mas também não queria que o meu pau ficasse muito duro para não me acharem um impostor. De jeito nenhum, e a sapeca me apalpa tão gostoso e tão bem que eu me contorço. Entreabro um olho. Era um aposento de cortinas brancas, todo ladrilhado no chão. Então vejo-as direitinho à esquerda e à direita, as macas, cobertas por lençóis rígidos. Não me engano. Era isso. E depois, sobre os cavaletes, outros caixões que chegam. Não era hora de se enganar.

— Faça um esforço, Ferdinand, você está numa circunstância excepcional. Você é um trapaceiro, trapaceie.

Eu devia agradar à mocinha, assim de cara. Ela não sentia nojo. Ela já não largava a minha pica. Pensei cá comigo: devo sorrir, não devo? Devo fazer cara de bonzinho ou cara de inconsciente? Afinal, tartamudeio. É menos arriscado. Recomeço minha musiquinha:

— Quero ir a Morehande...! — é o que eu melodulo entre dois coágulos... — Vou ver o Rei Krogold... Vou sozinho fazer a grande cruzada...

Com isso, a moçoila se anima, me bate uma punheta pra valer, talvez serena porque eu fico dizendo bobagem, mas me machuco no braço e me saracoteio que nem um sapo. Grito um pouco, e depois me solto todo, encho as mãos dela, que observa que não abro mais os olhos e me limpa com algodão. Eu deliro, só isso. Entram outras mulheres. Dou uma olhada. São do gênero donzelas. Ouço a minha moça:

— Vocês devem pôr uma sonda nele, venha, srta. Cotydon, esse ferido vai lhe ensinar, ele também tem alguma coisa na bexiga... O dr. Méconille recomendou bastante, ao ir embora... "Ponham sonda nos feridos que aqui urinam pouco... Ponham sonda nos feridos..."

Sobem então comigo para o primeiro, tudo indica que para me porem sonda. Eu me acalmo um pouco. Dou uma olhada de soslaio. Não havia caixões no primeiro andar. Apenas leitos, entre os biombos.

São quatro senhoras para me despir. Primeiro me molham de cima a baixo, todos os trapos, porque está tudo colado, do cabelo às meias. Meus pés, que fazem parte do couro. Ali, são manobras bem dolorosas. No braço eu tenho umas moscas, vejo-as vibrar, sinto-as. Com isso, a garota Cotydon se sente meio mal. É a minha punheteira que toma o seu lugar. Ela não é de se jogar fora, essa punheteira, a não ser os dentes bem para a frente e bem esverdeados também, um pouco, um lugarzinho meio podre. Não faz mal. Pelo visto, esta é a atmosfera mais conveniente e protetora. Abro os dois olhos, mas então bem fixos, bem no teto.

— Morte para Gwendor, o traidor, morte aos alemães traidores… Morte aos invasores da pobre Bélgica.

Falo disparates para todo lado. Tomo minhas precauções, estão me observando… Elas continuam a ser quatro.

— Ele ainda está delirando, coitadinho. Tragam-me o que eu preciso. Vou eu mesma lhe pôr a sonda — reflete a punheteira.

— Está bem, senhorita, trago-lhe imediatamente as sondas.

Deixaram-me sozinho com a pessoa. O que foi dito, foi feito. Mas então, muito a sério, ela me raspou lentamente ali dentro do pinto. Já não tinha a menor graça. Eu não ficava de pau duro. Mesmo assim não me atrevia a berrar. Depois ela me vendou, mandou que me refizessem a gaze da cabeça, da orelha e do braço, me fez beber com colherinha e depois me deixaram em paz.

— Descanse — me disse a sondadora-chefe —, e depois, daqui a pouco, o capitão Boisy Jousse, nosso oficial administrativo, virá lhe fazer umas perguntas. Se, porém, você estiver em condições de lhe responder, e depois, esta noite o dr. Méconille passará para a visita…

Havia futuro. Eu não me sentia nem perto de estar "em condições" como ela dizia. A Boisy Jousse, primeiro eu não disse nada. É muito simples, durante quase dez dias eles pensaram o que quiseram. Eu não tinha documentos comigo. Não tinha nada além da minha cara ensanguentada e atravessada, dentro era bem pior, e o resto era a mesma coisa, só isso. Tinha mais medo ainda de ser novamente sondado. Era uma mania. Chama-se srta. L'Espinasse, a sondadora, era ela que comandava tudo. De noite me descobriram uma febre, não era mau. Eu não gangrenava mas faltava pouco. Apenas sentia. Era sempre a pergunta, se iam me isolar embaixo com os agonizantes ou não. Quanto à L'Espinasse, minha sondagem já não devia diverti-la, e tampouco me bater uma punheta. Só que uma noite o doutor não veio, estava ocupado. Ela passava entre os leitos, beijou-me na testa suavemente, atrás do biombo. Com isso, eu lhe devolvi um tantinho de poesia murmurante... como quem expira...

— Wanda, não espere mais o seu noivo, Gwendor, não espere mais um salvador... Joad, seu coração sem valentia... Thibaut, estou vendo, se aproxima do Norte... Bem ao norte de Morehande, Krogold vai voltar... me pegar...

E depois eu fazia *glu-glu*, até sabia cuspir sangue bombeando forte nas laterais do nariz. Então ela tamponava a entrada das minhas narinas com uma compressa e me beijava de novo. Era uma apaixonada, no fundo. Eu não entendia muito bem sua personalidade mas intuía que mais adiante teria uma baita necessidade dela, a gaiteira. Fiz bem.

No dia seguinte o dr. Méconille, assim que acabou de me ver, se entusiasmou com o exame que me fez. Queria me operar na mesma hora, naquela noite mesmo, dizia. L'Espinasse resistiu, em nome de minha exaustão. Acho que foi isso que me salvou. Ele, se eu entendia direito, queria me tirar a bala do fundo do ouvido imediatamente. Era ela que não fazia questão. Eu só de olhar Méconille tinha certeza de que se ele atacasse a minha cabeça, seria o fim. Assim que ele saiu, as moçoilas em volta da L'Espinasse lhe deram razão por ter resistido no que me dizia respeito, "que ele era médico, não cirurgião, Méconille, e que era para treinar a mão que ele atacava, e que deveria começar pelos casos mais fáceis. Que a guerra ainda duraria um tempão... Que ele tinha tempo, que poderia por exemplo tentar primeiro consertar o osso do meu braço que também estava quebrado, mas que a cabeça era muito difícil para ele... para início de conversa", Eu, é que a primeira coisa que tinham me mostrado ao chegar, o pequeno lazareto embaixo, no porão, me causou como que um terror suplementar, eles tinham me dado pânico. Se não tivessem me mostrado o pequeno lazareto com os cavaletes e os dois caixões ali em cima talvez eu não tivesse me obstinado, teria me deixado levar, mas saber tudo, ter visto as caixas é que me fazia resistir profundamente. O que me enojava no lazareto era o cheiro de podridão dos mortos. E além disso, com toda certeza se o Méconille não acabasse comigo na sua operação, me aumentaria as vertigens e minha tempestade e meu trem assobiando na cabeça, de tanto remexer no meu mistério por dentro. Eu me servia dele para ficar falando bobagem sobre meu suplício. Mas para me aliviar eu não tinha nem um pingo de confiança nele. Bastava olhar para ele. Primeiro, ele não tirava os óculos, e um lorgnon para completar, tinha uma barba maior do que a cara, um jaleco tão apertado que já não conseguia afastar os braços do corpo, mãos peludas até as unhas e depois umas polainas que se amarfanhavam em volutas bem atrás de seus calcanhares. Em suma, tudo o que é sujo e que incomoda era Méconille. Portanto, ninguém se decidia, ele me dava uma olhada esquisita de manhã na visita e além disso me deixava sofrer em suspenso, e aí, uma manhã, L'Espinasse mesmo assim me pediu muito gentilmente minha matrícula. Respondi um número qualquer. Ela não tinha nada a ver com isso. O mais tarde possível, pensava comigo mesmo, é que eu me deixaria identificar. E no dia seguinte passei bem cedinho pelo éter. Em matéria de sensações horrorosas, eu já tinha tido minha dose, mas foi a L'Espinasse que me deu mais uma, ela me apertava firmemente na fuça o cone do fole, com os dois braços. Era fortona.

Primeiro, lambi os beiços, um tempão. Juro, finalmente eles tinham me dado tanto éter que me lancei na máscara de delírio com uma espécie de alegria. Quanto aos sinos, o éter desencadeou uma verdadeira tempestade pessoal, uma surpresa, pensando bem. Mergulhei nessa orquestra, pois com toda certeza nunca mais a ouviria, como no coração de uma locomotiva. Só que sentia direitinho que era o meu coração, afinal de contas, que fornecia a violência. Então tinha escrúpulos por ele. Você tem um bom [coração], coragem, ânimo, Ferdinand, eu pensava comigo mesmo... Não deveria abusar dele... Isso não é bonito, é covardia o que você está fazendo aí... Você se aproveita...

De repente eu queria voltar à superfície do barulho, quebrar a cara da garota L'Espinasse... Mas ela me prendia com a máscara, no seu abraço, como se diz, a desgraçada... Absolutamente nada para que eu conseguisse subir à tona... Minha carne dura, nas suas mãos, fazia como que o badalo do sino... E logo, com a minha cabeça... *Bum* no fundo dos olhos, *bang* contra a orelha. Quase consegui subir... Vermelho... sobre... branco... Ela ganhava de novo, a safada.

Bem. Que eu conte agora o lance do despertar... Ouço-me berrando, eu mesmo, imaginem...

— Garotinho! Meu garotinho!... — e depois, mais forte.

Foi isso que encontrei no infinito. Eu saía do nada da merda com um garotinho! Mas eu não tinha um garotinho. Nunca tinha tido na minha vida filha da puta um garotinho, se posso dizer assim. Era um lance de ternura que me agarrava com força e que de perto me dava nojo [ouvir]. E depois, ao mesmo tempo vejo as flores e o biombo e depois vomito à beça por todo lado, a bile amarga em pleno travesseiro. Me contorço. Puxo o meu braço. Eram quatro no mínimo, e homens, para me segurar. Então vomito. E depois a primeira que reconheço de fato é minha mãe e depois meu pai e depois, mais tarde, a srta. L'Espinasse. Tudo isso boia e ondula como no fundo de um aquário e depois tudo afinal se fixa e ouço minha mãe me dizendo:

— Ora, Ferdinand, acalme-se, meu filhinho...

Ela chorava um pouquinho mas eu a reconhecia, ofendida por me achar inconveniente. Mesmo assim, em pleno delírio eu compreendo, meu pai também ainda estava lá, um pouco atrás. Tinha posto sua gravata branca e seu terno mais elegante para vir.

— Ajeitaram muito bem o seu braço, Ferdinand — ela me diz então, a L'Espinasse. — O dr. Méconille está muito contente com a sua cirurgia.

— Ah, nós lhe ficamos muito agradecidos, senhorita — é minha mãe que mal a deixa terminar. — Garanto-lhe que meu filho terá por ele uma profunda gratidão e à senhorita também, que cuida dele com tanta dedicação.

Aliás, tinham trazido de Paris presentes que pegaram em sua loja, mais sacrifícios. Precisávamos imediatamente comprovar nosso reconhecimento. Minha mãe ao pé da cama continuava terrivelmente constrangida com a minha vomitada, e meus palavrões, e minhas sujeiras, e meu pai ainda me achava bem indecente na ocasião.

De qualquer maneira, haviam encontrado documentos militares no meu bolso, já que tinham sido avisados. Era um pensamento que me metia como que um pedaço de gelo no meio do cérebro.

Nada disso era engraçado. Eles ficaram sentados bem umas duas ou três horas, me olhando eu voltar a mim. De repente, eu já não tinha a menor pressa em escutá-los e em compreender a situação. E depois minha mãe recomeçou a falar comigo. Era seu privilégio de ternura. Não respondi. Ela me dava ainda mais nojo. Pensando bem, eu até que daria uma surra nela. Tinha mil e cem razões, nem todas muito claras mas muito odiosas, mesmo assim. Minha pança arrebentava de razões. Quanto a ele, não dizia muita coisa. Era de crer que desconfiava. Fazia seus olhos de peixe morto. Estávamos na guerra da qual ele sempre falara, ali estávamos. Tinham vindo de Paris expressamente para me ver. Deviam ter pedido uma autorização ao comissário em Saint-Gaille. Na mesma hora falaram da loja, das terríveis preocupações que tinham, os negócios andavam bem mal. Eu não os ouvia muito bem por causa do meu ruído no ouvido, mas o suficiente. Aquilo não provocava indulgência. Eu os olhava de novo. Eram de fato uns pobres coitados ali ao pé de minha cama, mas também uns bocós.

— Merda — eu disse finalmente —, não tenho nada para dizer a vocês, deem o fora...

— Ah, Ferdinand! — minha mãe respondeu. — Como você nos entristece. Devia estar contente, ora essa. Já saiu da guerra. Está ferido, é verdade, mas com a sua saúde logo, logo vai melhorar, com toda certeza. A guerra terá terminado. Você vai encontrar uma boa colocação. Agora vai tomar juízo e certamente vai viver até velho. Sua saúde, no fundo, é excelente, e seus pais se sentem muito bem. Você sabe que jamais cometemos nenhum excesso, de nenhum tipo... Você sempre foi bem tratado em casa... Aqui essas senhoras são boas para você... Encontramos o seu médico ao subirmos aqui... Ele fala de você com muita simpatia...

Eu não dizia mais nada. Nunca vi ou ouvi alguma coisa tão nojenta quanto meu pai e minha mãe. Fingi adormecer. Foram embora, choramingando, para a estação.

— Ele está delirando, sabe, delirando — me desculpava e os consolava a L'Espinasse, ao acompanhá-los.

49

Eu a ouvia no corredor.

Não devia demorar. Uma desgraça nunca chega sozinha. Apenas uma hora depois anunciam a sra. Onime, a da cantina, em pessoa. Ela também chega ao pé da cama murmurando. Finjo delírio. Um chapeuzinho com um pássaro era o que ela usava, com veuzinho e boá e casaco de pele. Um luxo. Um lenço para a tristeza, mas eu olhava bem nos olhos dela. Eu a conhecia. Ela é que faz perguntas. Rodava em torno do drama. Pergunto-me primeiro como é que ela poderia ter percebido? Eu já não pensava nisso, e depois repensei. Nossa expedição e a maneira como terminara eram inexplicáveis. São coisas que a gente sente. Ela não podia sentir isso, a vagabunda da Onime.

— Ele morreu — eu disse simplesmente. — Morreu como um bravo! E depois, mais nada.

Então ela desabou de joelhos.

— Ah, Ferdinand! — disse. — Ah, Ferdinand!

Levantou-se como para cambalear e depois caiu de novo de joelhos. Soluçou com a cara enfiada nas minhas cobertas. Cá para mim, esse é um gênero de que desconfio. Fiz bem. Ei-la então chorando de novo. A srta. L'Espinasse não estava longe, escutava, com toda certeza, atrás do biombo. Surgiu toda abespinhada.

— Não se deve cansar os feridos, madame, o doutor proíbe. A visita terminou...

Então a sra. Onime se levantou, de vez, muito encabulada, bem seca.

— Ferdinand — disse bem alto para ser ouvida —, não se esqueça de que deixou ao ir embora do quartel uma fatura de trezentos e vinte e dois francos... Quando pensa em me pagar?

— Não sei, madame... Aqui não ganho nada...

— Ah, não ganha nada! Pois bem, escreverei mais uma vez

a seus pais. No entanto, me parece que eu tinha a sua palavra de honra de que não faria mais dívidas na cantina...

No espírito da L'Espinasse era para me depreciar que ela dizia isso. Aliás, acrescentou:

— Tenho a impressão de ter encontrado seus pais ao vir. Vou encontrá-los na estação talvez.

Logo, logo, ela dá o fora abruptamente pela escada... Conto até cem e depois duzentos. Apenas quinze minutos depois, é meu pai que volta... Todo esbaforido, transtornado.

— Como, Ferdinand, você não tinha nos dito isso, é mais uma pedra que cai na nossa cabeça. A dona da cantina que nos exige pagamento de uma dívida, ali mesmo na plataforma da estação. Uma fatura que você lhe deve desde que saiu do acampamento. Nós, que durante uma vida inteira de prejuízos asseguramos a sua existência à custa de quantas privações, você sabe melhor que ninguém! Você só nos traz vergonhas. Mas trezentos francos... Nestes tempos que correm vai ser preciso pedir emprestado, sei lá, vai nos tirar o couro, sua mãe vai ter que pôr de novo no prego os brincos. Previ reembolsar a sua dívida em oito dias, pois sou um homem honrado! Imagine, Ferdinand, neste momento há uma guerra, pensou nisso? Todos os nossos negócios estão absolutamente liquidados e você sabe as dificuldades que temos... Não sei nem sequer se manterei meu posto em La Coccinelle...

Ele estava com lágrimas nos olhos... Mas a L'Espinasse interveio mais uma vez, convidou-o a me poupar. Ele saiu, desculpando-se, resmungando. Todos devem ter se encontrado na estação. Chegou a noite.

Devia ser por volta das onze da mesma noite que a L'Espinasse se deu ao trabalho de vir me prevenir, de propósito, que no dia seguinte eu seria transferido para uma sala comum com os outros, por causa das chegadas de mais feridos. Que ontem eu realmente estava bem melhor, e patati e patatá, mas que ela achava que eu ainda precisava de uma sonda. Não era hora de reclamar, de ser teimoso. Eu conhecia a brincadeira, ela pegava a sonda mais grossa. Aquilo raspava. Ela estava sozinha para me pôr a sonda. E se eu recusasse, pensava comigo, instintivamente, então estaria frito de vez. Eu desconfiava que por trás daquilo havia com certeza alguma coisa prontinha. O troço durou bem dez minutos. Eu chorava de verdade, e não pelos sentimentos.

Bem. Na manhã seguinte me transportam para a sala Saint-Gonzef. Eu estava numa cama entre Bébert e o zuavo Oscar. Deste último eu nem falo nada porque ele não parou de fazer suas necessidades pela sonda nas três semanas que ficou ao meu lado. Ele não falava de outra coisa. Da disenteria que o agarrara de alto a baixo e de uma ferida no intestino. Seu bucho era que nem um caldeirão de fazer geleia. Quando aquilo fermentava demais transbordava pela sonda e ia até para baixo da cama. Então ele dizia isso faz um bem. Sorria para todos. Risinho. Isso faz um bem, dizia de novo, ele estava repleto daquilo. Finalmente morreu, com um risinho.

Mas Bébert à direita era outra história. De Paris é que ele vinha, igual a mim, mas ele, do 70º, do bastião Porte Brancion. Ele logo me abriu horizontes. Quando lhe contei minha vida, achou-a difícil.

— Eu escolhi — ele me disse. — Tenho só dezenove anos e meio mas sou casado, e escolhi.

Não entendi de imediato mas ele me maravilhava. Eu achava que sabia enrolar um pouco mas ele, então, era o suprassumo. Por ora, estava ferido no pé, no dedão esquerdo exatamente, uma boa bala. Tinha entendido tudo do jogo da L'Espinasse, e ainda bem pior.

— Vou fazê-lo conhecer outras iguais a essa fulana aí, que você sozinho nem imaginaria.

Ele voltava a me dar gosto de ser curioso, Bébert. É bom sinal. De qualquer maneira, o braço ainda dava para aguentar, desde que Méconille tinha me operado. Eu batia punheta com a mão esquerda, aprendia.

Mas assim que me levantava eu bambeava em cima dos calcanhares que nem um paulito. Era obrigado a me sentar a cada vinte passos. Quanto aos zumbidos nos meus ouvidos, era inimaginável a algazarra. Era tão forte que eu perguntava a Bébert se ele não ouvia nada. Eu aprendia a escutar suas histórias através de minha própria zoeira mas então ele precisava falar mais alto, ainda mais alto. Acabávamos morrendo de rir.

— Você tem oitenta anos — ele me dizia —, é tão duro de ouvido como o tio de Angèle, minha fiel, um velho que é aposentado da Marinha.

Angèle era sua família, sua mulher e legítima para completar, só falava dela. Tinha dezoito anos.

Os outros caras da sala, tinha para todos os gostos, feridos em todas as superfícies e profundidades, reservistas sobretudo, mas no conjunto uns idiotas. Muitos apenas entravam e saíam, para a terra ou para o céu. Pelo menos um em cada três estava agonizando. Talvez fôssemos vinte e cinco no total, na sala Saint-Gonzef. À noite, ali pelas dez horas, eu via pelo menos uma centena, então me virava em cima da cama e tentava fechar minha boca para não acordar os outros. Sentia-me sacudido por delírios horrorosos. No dia seguinte perguntava a Bébert se por acaso ele não teria visto a garota L'Espinasse vir perto da minha cama de propósito para me bater punheta assim que eu começava a dizer besteira. Não, ele dizia. Ele era prudente. Mas mesmo assim eu sabia direitinho que não estava propriamente tendo visões. Então o tempo passa. Ponho-me nos melhores termos possíveis com a L'Espinasse. Preservo-me. Seus dentes esverdeados não me davam medo, até porque, para completar, tinha braços magníficos, é preciso dizer, bem roliços. Eu pensava que as coxas deviam ser belas também. Eu a enrabaria. Eu me forçava a me excitar. Por um instante delirei menos, mesmo de noite. Ela aproveitava que o gás estava no mínimo para vir me dar boa-noite, só a mim. Era dito gentilmente... Ela não passava a mão nos colhões e no entanto era o que eu esperava. A coisa ficava poética, o coração estava conquistado. Até Bébert reparou.

— Se quiser, quando ela se inclinar, você enfia na lambisgoia até bem fundo no rabo, mas fique de olho, prefiro te prevenir, se chegar um amputado neste barraco, porque aí o vento vai virar e você é posto para fora daqui num piscar de olhos. Não te digo nada mas você está avisado...

Espertinho, esse garoto Bébert, é inacreditável... Bem. Mais duas semanas se passam. A gente não saía, não sabia o que acontecia lá fora mas com toda certeza devíamos ter recuado, a linha de frente se aproximava. Quer dizer, daquele quarto no pátio, onde estávamos deitados, distinguíamos bem melhor o canhonaço. Também havia os aviões inimigos que eram regulares em torno do meio-dia, nada muito ameaçador, para falar a verdade, três bombas no máximo. As senhoras tremiam nos banheiros, mudando de voz. Há uma valentia nas mulheres. Méconille, nesses casos, pura e simplesmente se mandava pela escada. Depois voltava...

— Parece-me que volta bem mais vezes — ele observava.

Isso o incomodava.

De meu pai, cartas perfeitamente escritas em perfeito estilo. Ele me exortava a ter paciência, previa a paz próxima, me falava de suas dificuldades, da loja na Passage des Bérésinas, das inexplicáveis maldades dos vizinhos, dos trabalhos extras que fazia em La Coccinelle para substituir os combatentes.

"Pagamos à sua moça da cantina, não recomece onde você está, as dívidas sempre levam à desonra."

No entanto, me felicitava longamente por minha bravura.

Ele me espantava seriamente com essa bravura. Não sabia o que era isso, eu também não. Em suma, ele me inquietava. Por mais que eu estivesse me dissolvendo numa barafunda dos diabos, quase inacreditável de tão perfeita que era, as cartas de meu pai prendiam minha atenção, no fundo, pelo tom. Mesmo se eu não tivesse mais de dez minutos para viver, ainda assim procuraria a terna emoção de antigamente. Nas cartas de meu pai havia toda a minha juventude filha da puta, que estava morta. Não me arrependia de nada, tudo era apenas uma imundície fedorenta, ansiosa, um horror, mas mesmo assim, naquelas cartas censuradas, era meu pequeno passado de menino imprestável que ele descrevia com frases bem equilibradas e bem-feitas.

Ali onde eu estava, bem que gostaria, se fosse bater as botas, ter para o passamento uma música mais minha, mais viva. O mais cruel de toda aquela porcaria é que eu não gostava da música das frases do meu pai. Morto, acho que teria me levantado para vomitar em cima das frases dele. A gente não se refaz. Bater as botas, ainda é possível aceitar, mas o que esgota a poesia é tudo o que precede, toda a charcutaria, as futricarias, as torturações que precedem o soluço final. Portanto, é preciso ser bem breve ou bem rico. Quando a L'Espinasse vinha me bolinar de noite, por duas vezes quase chorei nos seus braços. Contive-me. Era culpa do meu pai com suas cartas. Porque de antemão posso me gabar, sozinho sou corajoso pra chuchu.

Vocês sem dúvida querem conhecer a cidade de Peurdu-sur-la-Lys. Ainda se passaram umas três semanas antes que eu me levantasse e que me deixassem sair na rua. Em matéria de inquietação, eu também estava bem servido. Não dizia nada a Bébert. Sentia, acho, que quanto à inquietação ele também tinha para dar e vender. No fundo, minha única proteção era a L'Espinasse. O Méconille não contava, ela é que era rica, que mantinha o hospital de campanha.

O padre passava todo dia. Também ficava dando voltas em torno das carnes, mas não era difícil contentá-lo. Uma confissão de vez em quando e ele ficava radiante. Reluzia. Eu me confessei. É claro que não disse nada, a não ser insignificâncias. Não era tão idiota. Bébert também se confessou.

Méconille, de seu lado, era do gênero bem mais vicioso, insistia em me extrair a bala. Olhava-me toda manhã lá dentro da boca e do ouvido com uns instrumentos ópticos de todos os tamanhos, e para fazer isso ficava vesgo.

— Vai precisar ter coragem, Ferdinand, para tirar isso... Do contrário seu ouvido estará perdido... e sua cabeça também, talvez...

Tratava-se de bancar o idiota, de resistir sem melindrá-lo demais. Bébert, ao me ver debatendo-me com Méconille, ria às gargalhadas. A moça L'Espinasse, meio afastada, me encorajava a fazer resistência, mas não muito. Parecia que me ver resistir a Méconille a deixava toda molhada. Ela passava à noite e como quem não quer nada me dava uma boa aquecida no pau. No fundo, era minha única proteção, e mesmo assim, como dizia Bébert, eu não devia contar muito com ela. Pois sim! A L'Espinasse era tão bem relacionada com o Estado-Maior que podia, parece, me recomendar seis meses de convalescência e isso jamais seria recusado.

Mas o quadro não estava completo. Uma manhã vejo entrar um general de quatro estrelas na sala, precedido pela L'Espinasse, justamente. Pela cara que os dois faziam, sinto a desgraça que avança.

Ferdinand, digo para mim mesmo, aí está o inimigo, o verdadeiro de verdade, o da sua carne e do seu tudo... Olhe só a cara daquele general ali, se você o deixar escapar ele não vai te deixar escapar, onde quer que eu esteja, pensei só comigo. Isso me separa do mundo. Nesse instante, só mesmo o instinto que me fala e que não se engana. Então podem me dar uma cançãozinha, uma feira, um creme, uma ópera, umas gaitas de foles e até um cu acetinado entregue pelos anjos do paraíso.

Tenho a inteligência firme, me aferro até o fim do mundo, nem o Mont Blanc sobre rodinhas me faria me mexer. O instinto não se engana contra a mediocridade dos homens. Chega de brincar. Que cada um conte as suas balas. Basta. Pois o fulano se aproxima de meu leito. Senta-se e abre sua pasta abarrotada. Bébert também escutava como é que eu ia me virar. L'Espinasse me apresenta a ele.

— O comandante[4] Récumel, relator no conselho de guerra do 92º Corpo do Exército, vem investigar as circunstâncias em que você caiu de seu comboio, Ferdinand. Tratava-se mesmo de uma emboscada, não é, Ferdinand, como você me contou... Foram espiões que o perseguiram na estrada e na...

Ela me dava uma mãozinha, a moça. Ela me blindava, como se diz. A cara de Récumel não era nada convidativa. Necessariamente, eu tinha conhecido muitas caras de oficiais que nem sequer um rato que estivesse bisbilhotando teria mordido sem antes refletir. Mas o comandante Récumel, esse aí ultrapassava minha experiência de repugnâncias. Primeiro, não tinha bochechas. Só tinha buraco por todo lado, que nem um morto, e depois, só um pouco de pele amarela e peluda esticada, transparente. Com toda certeza, não havia nada além de maldade debaixo do vazio. No fundo do vazio das órbitas, olhos tão intensos que o resto já não contava. Olhos cobiçosos, meio de andaluza. Também não tinha cabelos, luz branca no lugar deles. Olhando para aquele ali, mesmo antes que ele falasse, tornei a me dizer Ferdinand, você não pode ir mais longe. Sem a menor dúvida não existe nada mais canalha, mais horripilante em todo o Exército francês, esse é um ser especial, se esse cara aí conseguir dar um jeito, te fuzila no próximo amanhecer.

Só vendo as perguntas que ele fez. Estava tudo escrito, mas o que notei logo de cara e que me deu nova esperança é que ele não entendia uma palavra do que estava falando. Era tudo inventado. Se eu tivesse instrução, o teria tapeado que nem um otário, num piscar de olhos. Ele babava. Eu sentia direitinho que ele estava falando besteira, mas não tinha instrução suficiente para engambelá-lo. Todos os companheiros iam se esbaldar. Ele não sabia patavina do que tinha acontecido com Le Drellière e o comboio. Ele queria fazer cara de quem sabia. Nisso é que era um perfeito imbecil. Essas coisas a gente não imagina, sobretudo tendo um coração perverso. A gente sente, e depois, ponto-final. Portanto, nada a explicar. Deixei a garota L'Espinasse falar, ela também sabia falar muito, que nem meu pai, para não dizer nada. Ele não ousava interrompê-la. Decididamente, ela tinha autoridade em qualquer lugar, era poderosa, eu teria beijado seus dentes. Mesmo assim, aquele fúnebre queria arrancar a minha pele. Insistia. Quer dizer, o que dela restava. Rebolava-se em cima da cadeirinha de ferro, fazia um barulho de castanholas com as nádegas, de tanto que aquilo o agitava. Mas estava tão redondamente enganado nas suas espécies de insinuações que era engraçado e até dava pena. Por pouco eu o poria de novo nos trilhos, o teria ajudado. Ele me constrangia com suas gafes. Não tinha entendido bulhufas das coisas da guerra de movimento e da cavalaria [independente]. Teria sido mandado para que o desancassem um pouco, primeiro com os dragões. Então, ao voltar, talvez tivesse aprendido, adquirido cultura e se mirado no bom exemplo. Na vida tudo se resume a pegar o tom, até mesmo para o assassino.

— Vejo, cabo, que não reteve muita coisa das ordens precisas que lhe foram transmitidas, nem mesmo um só conteúdo das mensagens itinerantes que certamente lhe foram enviadas. Conto doze despachos. Você os tinha... desde o momento em que deixou a estação de... até o momento em que os acontecimentos se precipitam, tão inexplicáveis, quer dizer, quatro dias depois, quando o seu comboio foi inteiramente aniquilado pelos obuses inimigos e forçado a ir mais além da granja de Franche--Comté exatamente a setecentos metros do rio... depois da última viragem e das inúmeras variações sobre o itinerário previsto pelos seus chefes que continuam, quanto a essas mudanças, totalmente inexplicáveis e, em suma, aterrorizantes, já que você estava então a quarenta e dois quilômetros ao norte da estrada principal. Você poderia, no entanto, fazer um esforço, mais uma vez, já que agora é o único sobrevivente dessa epopeia grotesca... Quer dizer, o único sobrevivente um pouco lúcido, porque o cavaleiro Krumenoy do 2° Esquadrão encontrado perto do hospital de Montluc não recuperou o uso da palavra há quase dois meses.

Resolvi não ter mais palavras do que Krumenoy. Calei-me. Não tínhamos nada em comum. Primeiro, ele falava um pouco elegante como meu pai. Bastava isso. Bébert ria suavemente no seu pulgueiro. O inquisidor se virou e lhe lançou um olhar feio, que aliás não lhe deu sorte. Contarei... Eu pensava cá comigo, sem falar, do que afinal ele queria me acusar? De deserção diante do inimigo? De abandono de posto? De alguma coisa simpática...

— Está bem — ele disse para terminar —, vou fazer o informe — e se levantou.

Nunca mais revi esse sujeito, mas muitas vezes pensei nele. Exercia um estranho ofício. A garota L'Espinasse era minha salvação. Sortudo, você, disseram por todo lado, mas no fundo os fulanos dos pulgueiros das redondezas estavam com ciúme, todos mortos-vivos e lamurientos e sangrando como estavam. Ferdinand, pensei, se o relator te abandonar, você precisa dar no pé. Encontre um álibi, a sua felicidade provoca ciúme...

Eu via muito bem que o cabo árabe, aquele que tinha um

olho a menos, perdia até mesmo a prudência, de tal modo gostaria de trepar com a sirigaita.

Passam-se mais duas semanas. Consigo me levantar de uma só vez. Só ouvia por um ouvido, no outro era como se eu estivesse numa forja mas não faz mal, eu queria sair. Bébert também queria sair, para se dar conta. São dois que pedem permissão à srta. L'Espinasse! Naquela mesma noite a L'Espinasse voltou mais uma vez à minha cama, com o gás no mínimo, à minha cabeceira, ora se! Ela me cochichava dentro do nariz. Era uma questão de vida ou morte, eu bem que sentia. Me dei ao luxo de ter topete. Agora ou nunca. Agarro-lhe a boca, os dois lábios, chupo seus dentes, entre os dentes, a gengiva com a ponta da minha língua. Ela sentia cócegas. Ela estava contente.

— Ferdinand — murmurava —, Ferdinand, você gosta um pouquinho de mim...?

Não devíamos falar alto, pois os outros apenas fingiam roncar. Batiam uma punheta. *Baum baum* lá fora, na noite, havia um canhoneio contínuo a vinte quilômetros, talvez mais perto. Eu beijava os braços, para mudar. Metia seus dois dedos na minha boca, eu mesmo metia sua outra mão no meu pau. Queria que ela gostasse de mim, aquela putinha. Recomeçava a lhe chupar toda a boca, de novo. Teria enfiado a língua no buraco do seu cu, teria feito qualquer coisa, comido as suas regras para que o cara do conselho de guerra se fodesse. Mas a mocinha não era boba.

— Você sentiu medo há pouco, não foi, Ferdinand? Do comandante... As suas explicações não eram das mais sensatas...

Eu não dava um pio. Já não a compreendia muito bem... Resmunguei alguma coisa em nome da compostura. Ela gostava que eu tivesse medo. Estava gozando, a cachorra. Agitava-se contra a minha cama. Tinha um bundão poderoso de flamenga. Era como se tivesse me deixado entrar tudo, até o fundo, de tanto que ela gozava ali pra valer, de joelhos. Era a oração.

— Amanhã de manhã você irá à primeira missa, Ferdinand, e rezará e dará graças a Deus pelas proteções que ele lhe concede e pela melhora do seu estado. Boa-noite.

Tinha terminado, tinha gozado e foi embora. Os outros tronchos se esbaldavam de rir. Como sensação, tudo aquilo era um jogo de tiro ao alvo. Doze balas. Duas balas. Zero bala... Na mosca...

No dia seguinte fiquei de olho. Não veio nada do conselho de guerra. Eu pedia umas dicas, sem dar a entender o que fazia, aos acamados que tinham lembranças de campanha.

— Você aí, já viu um fuzilamento? — pergunto ao artilheiro, esse justamente que tinha um estilhaço no pulmão e outro estilhaço que cortara a pontinha da sua língua.

— Bem xa vi ã na beia do Sisonne eles iiam dispaa e tiveam de da tês tios... Num tem a menoo gaça.

Isso não resolvia nada.

— Inda bem um ajudante — acrescentou — tacou mais tês balas na cabeeeça.[5]

Com isso eu podia facilmente imaginar. E me perguntava se me levariam de volta a Romanches para me fuzilarem ou se fariam isso em Peurdu mesmo. Tudo é possível.

Necessariamente passei a noite entre meus zumbidos, a febre e a perspectiva. Um pouco mais e teria ido encontrar a jovem L'Espinasse... E além disso, eu tinha dito que não perderia, merda, eu não queria perder. Mais dois dias, mais três noites. E nada do conselho. A meu ver, eles ainda não tinham falado do cofre do regimento que também tinha sido destruído, desaparecera na aventura, e no entanto isso era, em resumo, o mais grave para aquela cambada de rematados patifes me pegarem, e disso eu só tomaria conhecimento no último minuto. Ainda assim, mesmo na febre da noite eu daria um jeito de lhes preparar respostas bem cretinas. E nada acontecia. Eu vigiava, porém, a chegada de cada manhã, o dia muito cinza do Norte nas janelas bem limpinhas acima dos telhados flamengos, pontiagudos, reluzentes de chuva. Vi tudo isso, vi a vida voltar.

Com o funesto e Méconille, que se perguntava se ele ia me perder antes de encontrar a bala dentro de mim, e o capelão que vinha duas vezes por dia para me dar a eternidade, e os horrorosos zumbidos que me faziam tremer toda a cachola, era uma vida maravilhosa, uma vida de tortura, um tormento que me tiraria o sono ou quase. Nunca mais, estava bem claro, eu conheceria a vida dos outros, a vida de todos aqueles idiotas que acreditam que é evidente que o sono e o silêncio andam juntos, de uma vez por todas. Vi de novo abrirem a porta às seis horas para a enfermeira de plantão, três, quatro vezes e depois, sem que tivessem anunciado, uma manhã chegou do trem um árabe que tivera a perna toda esmagada por um obuseiro, logo acima do joelho.

— Olho vivo com a sua garota — Bébert me preveniu —, você vai se divertir.

De fato, assim que ele, o árabe, entrou na sala Saint-Gonzef, ela quase não me olhou mais. Só vendo como arfava em volta da cama dele, dava a impressão de que substituía um ossinho por um pernil inteiro. Imediatamente pôs a sonda no árabe, a sonda maior, que eu conhecia muito bem. Ele gemia atrás do biombo. Estavam gozando com a nossa cara. Já na manhã seguinte o médico o operava, uma amputação bem tranquilinha, na coxa. Com isso, ela não o largava mais. Eu te sondo. Eu me sentia por assim dizer [muito ciumento]. Bébert estava me levando na galhofa. Vou te sondar mais uma vez. O árabe estava nas últimas. Cercaram-no com um biombo. Então Bébert me contou mais uma. Eu não queria acreditar nele, e olhem que eu estava blindado. Pensei Bébert não perde tempo. Com isso, me levantei e fui lá verificar. Méconille não via nada. Quer dizer, não via Bébert e eu. Os outros não estavam no clima. O árabe não demorou muito atrás do biombo, dois dias depois estava tão mal que desceu para o lazareto.

Com toda certeza, atrás do biombo a diretora tinha lhe batido uma punheta bem umas dez vezes no último dia, e além do mais tinha lhe posto a sonda, e nada disso era brincadeira. Em resumo, agora ele estava morto, podiam fazê-lo descer. Eu poderia ter feito um escândalo com o que sabia mas isso não teria adiantado nada para a minha caderneta militar. Como agora eu já me levantava e podia ir até o final do quarto, fui com a cara e a coragem. Olhei-a bem nos olhos, a garota L'Espinasse.

— Eu não poderia sair depois do almoço, hoje, para ir à cidade? — perguntei.

— Mas, Ferdinand, nem pense nisso, você mal se aguenta em pé.

— Não faz mal — eu disse. — Bébert vai me segurar se eu cambalear.

Era muito topete da minha parte. Tanto mais que com a história do conselho eu não deveria sair de jeito nenhum. Podiam vir me apanhar a qualquer momento.

As saídas daquele hospital de campanha eram um bocado excepcionais, eram favores. Mas eu não devia deixar pra lá.

Eu disse o que disse...

— Quero sair cinco horas.

Ela me olhou de cima a baixo, a garota, deixou por um instante seus lábios em suspenso, acima dos dentes. Pensei vai me morder. Que nada.

— Está bem, Ferdinand, você sai mas então com Bébert e vocês não vão para a rua principal, pois sem a menor dúvida vão encontrar o guarda da Praça[6] e certamente serei repreendida e vocês vão para a prisão direto, estou avisando.

Nem sequer disse obrigado.

— Bébert, às duas horas a gente chispa, mas os outros estropiados não têm que desconfiar que a gente vai dar uma volta. No dormitório a gente diz que vai ver um especialista e que você me leva pelo braço.

— Combinado! — ele disse, e então berramos bem alto que era um especialista especial que tinha vindo só para mim e que íamos para uma consulta lá do outro lado da guarnição.

Mesmo assim, feridos são uns sonsos. [Eles acreditavam nisso esperando a confusão.] Tudo bem. Lá pelas duas pulamos para a rua. Era uma ruela estreita. Mas o vento fresco, como faz bem.

— Chegou o fim do inverno, Bébert — eu lhe digo. — Breve, a esperança! Uma lufada de primavera e a minha cabeça vai zumbir mais que nunca! Te avisarei.

Bébert também era sempre muito desconfiado. A gente não devia dar de cara com os maiorais. Ele não fazia barulho com seus chinelos indo de uma porta a outra, se abrigando um momentinho. A gente olhava os jardins, as árvores em cima dos murinhos de tijolos. No céu havia uns canhonaços inchados e depois, nuvens inchadas também, todas cor-de-rosa e bem pálidas. Os recos com quem a gente cruzava usavam uniformes diferentes dos nossos, de uma só cor e sem tanta pompa. A moda tinha mudado desde que havíamos entrado no Virginal Secours. O tempo passa rápido. O ar puro me dava umas leves tonteiras mas mesmo assim, com o apoio de Bébert eu avançava. Pisar naquele calçamento me dava uma puta vontade de sair batendo perna por aí. Eu não estava morto. Isso me lembrava o tempo em que ia à cata de clientes para a lo[ja] com minhas amostras de cinzeladuras, ao longo de todo o bulevar e que terminou tão mal. Eu não devia fazer grandes apelos às minhas lembranças, isso me estragava o dia. É inacreditável como eu não tinha muitas que fossem divertidas.

Peurdu-sur-la-Lys se apresentava de um modo extenuante. Para nós, pelo menos. A praça no centro, toda bordejada por lindas casas muito caprichadas, de pedra, como um verdadeiro museu. Um mercado com cenouras, nabos, charcutarias em pleno centro. Isso alegra. E depois, caminhões que provocavam uma tremedeira em tudo, casas, mercados, moçoilas e recrutas de todas as armas atrás dos canhões, com as mãos nos bolsos, sob as arcadas, grasnando em grupinhos nas esquinas, de amarelo e verde, uns arabecos, até indianos e legiões, todo um parque de automóveis... Tudo isso rodava com tremedeiras [*duas palavras ilegíveis*] como num circo. Era o coração da cidade, de lá tudo partia, os obuses, as cenouras e os homens em todas as direções.

Outros regressavam, com ares arrasados, e desfilavam a contragosto formando uma linha de lama que atravessava [os dragões] todos coloridos da praça. Para mim e Bébert, era um espetáculo que nos agradava. Depois a gente foi se meter na sombra de um botequinho, olhamos lá para fora, e pouco a pouco fomos nos instruindo.

Bébert não era agradável de se ver. À primeira vista, não inspirava confiança, e no entanto era um bom rapaz.

Primeiro, era ele que pagava. Tinha dinheiro.

— Minha mulher se vira bem — anunciava —, é uma trabalhadora, não gosto de me privar...

Eu também entendia. Não sou tão idiota.

A praça principal, em suma, todo mundo passava por ali naquela cidade.

— Tenho certeza — disse para Bébert — que se a gente ficar bastante tempo vamos ver o comandante Récumel passar...

— Nem pense — ele me disse —, melhor olhar para a criadinha...

É verdade que ela tinha um corpinho... Mas já havia dois recrutas que lhe seguravam as tetas, um cada uma.

— Ela já está conquistada — respondi.

— Você vai ver, a minha Angèle é duas vezes isso em matéria de lindeza. Essa aí é lixo de latrina — anunciou bem alto para que ela ouvisse. — Eu não queria nem para dar brilho no meu pau.

E escarrou, uma cusparada nos sapatos da criadinha, para me demonstrar. Então foi ela que virou os olhos para o lado dele, encarou Bébert que continuou a olhá-la de cima a baixo com nojo. De repente, a criadinha se derreteu num sorriso de verdade, deu um fora nos dois sargentos, se aproximou dele com uns trejeitos muito dengosos e encantados.

— Tome cuidado, sua bruaca, você vai machucar o meu pé. Me traga dois *picons* e se arranque. Talvez essa fulana vire minha substituta, uma porqueira, mas preciso primeiro ir ver Angèle...

E depois, encolheu-se atrás da cortininha de onde a gente observava a praça principal e nem olhou para ela, a criadinha, como se ela não existisse. E até parecia que ela o provocava para que ele cuspisse de novo. Isso não lhe dizia mais nada. Ele pensava.

Deixei-o pensar. Eu também meditava um pouco. Tentava me pôr à altura.

— Viu só — ele disse depois de um tempão —, como está cheio de ingleses?... Vou escrever isso para a Angèle... Agora que estou saindo vou me virar... Se pelo menos tiver o pé supurando mais dois ou três meses, você vai se divertir com Angèle, Ferdinand. Vai até poder mandar umas remessas bancárias para os seus velhos... Taí, vou passar a criadinha para você, vou amestrá-la para você... É o melhor que posso fazer... Uma substituta, encontro outra... Não acredito em sirigaitas como a L'Espinasse... São traiçoeiras. É sádico, concordo, mas um dia aquilo se volta contra você, você não consegue acompanhá-las, ao passo que com Angèle eu sei como é o meu negócio. Você vai ver como isso dá dinheiro... É que nem um cão de caça... Você algum dia viu caçadas...

Sim, eu tinha visto caçadas mas preferia não falar disso. Em suma, a gente se divertiu à beça. O *picon* subia à cabeça de Bébert. Ele falava um pouco de besteira, se gabava. Era sua fraqueza. Tomou dois, e depois três. A criadinha não quis que ele pagasse as duas outras rodadas. Tudo por conta dela.

— Não pise no meu pé, sua vagabunda — ele lhe respondeu à guisa de agradecimento.

Ele apenas lhe beliscou a bunda, mas com vontade, a bunda toda, debaixo da saia, e ela fazia careta. Tanto tempo que ela ia empalidecendo. Nos levantamos, fomos embora.

— Não se vire — me disse Bébert.

Eu começava a me aguentar de pé. Havia civis no café, além dos militares, uns tiras à paisana provavelmente, muitos também. Comerciantes de tudo, camponeses, granadeiros belgas e marinheiros britânicos. Uma grande pianola que martelava a música com sua metralhadora de címbalos. Com o canhão do céu, era engraçado. Foi assim que ouvi "Tipperary" pela primeira vez. Agora era quase noite. Tratava-se de regressar, bem rente às casas. Não muito depressa porque nem um nem outro conseguia.

— Sabe, Ferdinand, se eu supurar apenas mais dois meses — Bébert continuava —, dois meses apenas, sabe, só com a Angèle, está entendendo, só com ela eu faço fortuna...

Isso já estava combinado. Só que a gente não devia se mostrar. Em princípio não devia ter mais ninguém nas ruas. Enquanto a gente se escondia passou uma ronda de tiras e depois todo um esquadrão de gendarmes e depois uns caras da polícia inglesa com o cassetete e a braçadeira. Felizmente, foi um destacamento da engenharia que nos salvou, sem ele acho que estávamos fritos. Uns pontoneiros com seus barcos emborcados em cima de umas carretas. Um verdadeiro mafuá de correntes, carroças e caçarolas. Tudo para nos misturarmos na tralha deles, éramos apenas dois instrumentos a mais. Eis-nos capengando, os dois, entre a nuvem que felizmente avança na direção de nossa

rua. Bem na esquina a gente se separa. Em três guinadas chegamos à esquina da portinha do Virginal Secours, a que dava para
o lazareto embaixo. Eu não gostava muito de passar por ali.

— Não faz mal — propõe Bébert —, não vamos entrar juntos, eu passo pelo jardim, não posso descer os degraus com o meu
pé. Você passa por baixo.

Então abro o portãozinho. Não faço barulho. Empurro bem
devagar. Mesmo assim range um pouco. Fico um instante fixan-
do o fundo da sombra. Ainda havia uma porta mais longe, uma
nesga de luz embaixo. Me aproximo. Continuo prestando atenção para que não me ouçam. Por causa dos meus zumbidos nunca sei direito quanto barulho faço ao andar, quanto não faço.
Mesmo assim me aproximo. Era de fato um barulho de prego
que geme numa tábua, e depois, mais uma tábua que estala um
pouco, que está sendo forçada... Penso que é lá dentro que estão
fechando um caixão. Seguramente é o árabe que estão instalan-
do. Amanhã seria o enterro. Não demoravam. Com certeza estavam apressados em jogá-lo fora por causa da gangrena que já
cheirava mal apesar do ácido fênico. No lazareto havia outros em
cima de macas que passariam depois dele, que fediam pouco.
Mesmo assim, onde quer que eu estivesse, atrás da porta, eu também ouvia a pessoa murmurar palavras e não era a voz do gordo
Émilien, o marceneiro que era muito conhecido na casa e que
estava forçosamente sempre meio bêbado, e a voz idem. Era mesmo uma prece, e em latim. Não seria uma freira que veio rezar
um terço ao mesmo tempo?

Fico intrigado. Ainda vou tatear um instantinho. Se eu não
olhar, não vou ver nada. Por cima do tabique, bastava se levantar
e dava-se de cara com o cantinho. Só que procurei uma escadi-
nha, mas afinal me alcei em cima de caixas que estavam vazias.
Devem ter me ouvido... Olho. Eu também ouvia ecos dos canhões que vinham devorar as vidraças, e aquilo ressoava em to-

do o subsolo. Olho de novo. E então, muito sangue-frio. É engraçado, eu não ousava dizer mas tinha desconfiado um pouco. Era a voz da L'Espinasse que eu pensara ouvir falar latim. E além do mais, estava ocupada. Poderia se dizer que era toda a sua vida que estava na caixa, de tanto que ela se aferrava a abri-la. Com o cinzel, forçava a junta, era isso que rangia. Émilien já tinha fechado o caixão.

Ela metia as duas mãos ali dentro, e se machucava. À luz de vela eu não via muito bem a sua cabeça, sobretudo porque ela se inclinava com seu véu bem contra a tampa. O fedor não lhe causava nada. A mim, sim. Não tento entender direito mas de repente me sinto na intimidade, a verdadeira. Aproveito. Bato um pouco no tabique. Ela levanta a cabeça, me avista à luz de sua vela, a nem dois metros dela.

Então ela me dá medo. Recuo um pouco. Sua cabeça não era uma careta, era outra coisa, como que uma grande chaga pálida e toda salivosa, toda trêmula.

— Sangra com a tua cara — eu lhe digo —, sangra, escrota!

Eu a xingava assim porque não sabia o que dizer. E porque vinha de dentro, e porque não era hora de fazer sentido. Tropeço. Empurro a porta do cubículo.

— Sangra, sangra!

Era idiota dizer mas eu só podia dizer isso. Então ela vem para cima de mim e com toda a sua cara me beija e me chupa como se eu também tivesse morrido e com os dois braços me segurava e além do mais se agitava. E depois ficou tão pesada, de repente, que se soltou toda e escorregou no chão e a segurei.

Quase desmaiou.

— Aline — digo eu —, Aline!

Era seu nome, eu tinha ouvido nas salas. Ela se refez e se levantou na sombra, pouco a pouco.

— Vou lá para cima — digo eu.

— É isso, Ferdinand, amanhã vou revê-lo, até amanhã. Estou melhor. Você é gentil, Ferdinand, gosto muito de você...

Saiu pela rua. Estava quase como sempre. Mas lá em cima, era Bébert que estava aflito.

— Achei que a porteira tinha te pegado — ele me disse.

Ele estava em dúvida. Eu não ia contar a coisa, nada, nem a ele nem a outros. As pessoas precisam ser fortes para que nada lhes faça mal, e além disso, primeiro aquilo podia me servir, e me serviu.

Eu não acreditava muito nos dias novos. Toda manhã sentia mais cansaço do que na véspera de tanto acordar vinte trinta vezes com os zumbidos durante a noite. São cansaços que não têm nome, esses que a gente tem por causa da angústia. A gente sabe muito bem que teria de dormir para voltar a ser um homem como os outros. A gente também está cansado demais para ter o ímpeto de se matar. Tudo é cansaço. Cascade[7] estava contente todas as manhãs, ele, no curativo, e seu pé nunca melhorava. Dali a pouco ia perder duas segundas falanges, e de novo a corrosão óssea. Ele não deveria andar, nem sequer de chinelos, mas a coisa também lhe valia indulgências especiais da srta. L'Espinasse... Ele nunca me falava disso abertamente. Afinal, também desconfiava.

— Bem, e como você se chama, belas tetas? — perguntou à criada, na segunda vez que voltamos lá.

— Amandine Destinée Vandercotte.

— Puxa, que lindo nome — Cascade observou como se isso o deixasse radiante. — Faz muito tempo que serve aqui?

— Faz dois anos.

— Quer dizer que então conhece tudo na cidade? As pessoas! A L'Espinasse, também a conhece? Me diga, as mulheres, você as chupa?

— Sim — ela disse —, e você?

— Vou lhe dizer quando tiver partido a sua bunda, sua marafaia, e não antes! Que coisa, como essas garotas são curiosas, e assustadinhas! E como são perguntonas!

Ele se fazia de descontente, de insultado. Exagerava para me deslumbrar. É verdade que com Amandine Destinée era tudo muito fácil. Nunca ela tinha visto nada tão deslumbrante.

Voltávamos lá, ao café de L'Hyperbole, na Place Majeure, todo dia depois da sopa, na hora do almoço. Tínhamos nosso canto, nossa mesa. Víamos tudo. Não éramos vistos. Nossas saídas do Virginal Secours deixavam alguns com ciúme. A L'Espinasse nos fizera prometer que a gente diria aos outros bostinhas dos leitos ao lado que era para um tratamento elétrico que a gente saía todo dia.

— Tudo bem! — eu disse à menina L'Espinasse.

Como Bébert, eu começava a saber falar. Mas mesmo assim guardava meu segredo. Até de Bébert eu desconfiava. É curioso como ele trabalhava na vida. Nunca nenhum barulho. Falava mais facilmente atrás da mão, a não ser para dar bronca na Destinée Amandine, que cacarejava de prazer quando ele a xingava de nomes tão selvagens como até então ela nunca tinha ouvido, e o sacana lhe beliscava duramente a bunda entre um trote e outro que ela dava até o balcão. Era um Bébert severo. Pelo menos oito dias voltamos para nos escondermos atrás das cortininhas do L'Hyperbole. Bébert olhava a praça inteira, o movimento das tropas, das pessoas, dos oficiais. Ficava de olho nos uniformes de todos os exércitos. Amandine Destinée o ajudava.

— Lá no canto, naquela espécie de castelo é o Estado-Maior inglês. Os que têm faixas vermelhas no quepe são os mais ricos.

Ela sabia pelas gorjetas.

Eu o escutava [Cascade] desde manhãzinha. Ele me dava algumas informações sobre Angèle, que ela tinha cabelos ruivos de verdade que lhe caíam até os quadris. Quanto a ter orgasmo ela podia gozar doze vezes seguidas. Era bonito. Ela ficava [mal]. Que para chupá-lo era inacreditável, e sem exageros...

— Você vai ver!

A cabeça dele, Bébert, não estava tomada. Essas coisas não tinham corroído o seu espírito. Eu tentava me recuperar. Era preciso. A vida é ainda mais atroz quando a gente já não sente a paudurecência. Sem razão.

— Conte-me mais da Angèle — eu lhe dizia em voz baixa para não acordar ninguém.

Ele me contava como a enrabou pela primeira vez [por trás], que no início isso lhe doía, que ela berrou durante uma hora.

O zuavo à esquerda, eu sempre achava que ele tinha morrido de tal modo estava pálido de manhãzinha. E depois ele se mexia aos poucos e recomeçava a gemer e sua morte só chegou no segundo mês...

Eu tentava seguir a pista da L'Espinasse para ver em quem agora ela batia punheta mas havia tantos feridos, chegavam vagões cheios várias vezes por dia, que eu já não conseguia me encontrar. Peurdu-sur-la-Lys era um canto muito intenso. Diziam que havia pelo menos quatro Estados-Maiores e doze hospitais, três ambulâncias, dois conselhos de guerra, vinte parques de artilharia entre a Place Majeure e as segundas muralhas. No grande seminário tinham guardado as reservas de onze aldeias dos arredores. A srta. L'Espinasse também se ocupava um pouco de fazer o bem a esses pobres coitados, como dizia.

Era atrás do grande seminário, num recinto, que se fuzilava de manhãzinha. Uma salva, a segunda quinze minutos depois. Mais ou menos duas vezes por semana. Da sala Saint-Gonzef eu tinha aos poucos observado a cadência. Era quase sempre na quarta-feira e na sexta-feira. Na quinta, havia feira, eram outros barulhos. Cascade também sabia. Não gostava de falar muito disso. Só que ele queria ir lá ver, como eu desconfiava. Ver pelo menos o lugar. Eu também. O problema era ir sozinho. A gente sempre saía junto. Foi engraçado como nos flagramos um ao outro. Havia uma coisa a fazer na estação. Buscar medicamentos. Eu supostamente não poderia ir porque era longe demais e pesado demais para carregar e além disso muitas vezes tinham de me impedir que eu caísse no caminho. Daí então, Cascade sai sozinho. Mas eu estava de olho no seu rosto, que não parecia totalmente normal. Ele pensava em alguma coisa, por conta própria.

— Eu não vou — disse-lhe.

Só que, enquanto ele se virou para pôr os sapatos, eu lhe roubei os trocados da encomenda, que estava no seu capote em cima da cadeira. Ele vai embora. Deixo passar cinco minutos e depois ponho o serviço em polvorosa.

— Ih, olhem, ele deixou aqui o dinheirinho. Nunca vai conseguir pegar o pacote.

E supostamente saio para ir encontrá-lo.

Taí, penso na rua, a ocasião de ir ver atrás do seminário como é que…

Tomo cuidado para não cruzar com um cretino. Chego ao lugar exato onde aquela espécie de beco sem saída vai dar na rua. Na extremidade está a porta de ferro trabalhado do recinto. Lá vou eu. Me abaixo para ver pelo buraco. Vê-se. É uma espécie de jardim com um gramado e o muro no fundo, a pelo menos cem metros adiante, um muro de pedra porosa não muito alto. Onde é que amarram eles? Difícil imaginar. Bem, a gente acaba se dando conta. Gostaria de ver as marcas das balas. Está tudo em silêncio. É primavera, com os pássaros. Eles assobiam como balas. Devem fincar um poste novo a cada vez. Tenho que ir até a estação. Vou embora. Encontrei Cascade não muito longe. Ele devia ter ido bem devagarinho para a estação. Não nos dissemos nada. Ele estava com o rosto todo desfigurado. Cada um é valente como pode. Entreguei-lhe seu dinheirinho.

— Vá lá buscar a caixa deles — eu disse.

— Venha comigo — ele disse.

Fui eu que praticamente o segurei até o depósito da estação. Mais tarde compreendi que ele tivera um pressentimento só de me rever. Na volta, passamos pelo L'Hyperbole. Ele não disse nada, nem um pio à Destinée Amandine, nada. Ela chorava. Bebemos um litro inteirinho de curaçau. Tenho certeza de que Cascade não dormiu nessa noite. Na manhã seguinte tinha no rosto um divertido ar de inteligência. Não se creia que Bébert não era sensível. A prova é que sabia se calar, horas, como se pensasse isto e aquilo, olhando diante de si. Tinha uma cara um tanto simpática na medida em que posso julgar homens, com feições finas e regulares e olhos mais para grandes, de idealista. Mas enquanto esperava seu momento de glória era bem severo com as moças, e primeiro elas sabiam muito bem que ele tinha razão, que estava certo e dizia a verdade. A mim, considerava-me um carinha idiota, bem bonzinho, bem punheteiro, bem pervertido pelos trabalhos regulares. Eu tinha lhe contado tudo, quase tudo. Só escondia a coisa da garota L'Espinasse que era ainda mais secreta e que por assim dizer se referia à minha própria vida.

Enquanto isso, a gente não ouvia mais falar do comandante Récumel do conselho. Só se sabia do cercado onde aquilo acontecia e [onde] Cascade tivera seu pressentimento. Ele ainda não devia ter reunido contra mim as provas da aventura. Volta e meia me parecia que eu o ouvia falar comigo, mas eram somente palavras de um pouco de delírio, à noite, quando eu ainda tinha febre. Eu não dizia nada para que não me proibissem de sair. A garota L'Espinasse já não me batia punheta, vinha apenas me beijar por volta das dez horas. Parecia que estava um pouco mais calma. Agora o padre evitava falar comigo. Com toda certeza ele desconfiava. O cirurgião de araque Méconille também se tornara mais cortês. Bébert bem que notava todas essas pequenas mudanças em torno de nós mas não entendia muito bem a astúcia. O fato é que se documentava sobre os costumes da guerra na cidade. No L'Hyperbole, como eu disse, na penumbra desse café-tabacaria, era um barulho dos diabos, sobretudo tendo além disso a pianola. Quando todo mundo berrava junto isso me causava uma espécie de silêncio no ouvido. Barulho contra barulho. Só que então eu costumava me sentir mal. Era um conflito forte demais, talvez, na minha cabeça.

— Venha, Ferdinand — Bébert então me dizia —, você está ficando pálido. Venha, vamos passear na beira do rio, vai te fazer bem.

A gente ia mancando até lá. Olhava os obuses explodirem no céu bem longe. Era a primavera que retornava atrás dos choupos. Voltávamos ao L'Hyperbole para retomar o trabalho de observação. Em matéria de desfile de tropas, era um verdadeiro livro de imagens. [Algumas palavras ilegíveis] passava sobretudo pelas oito horas da noite, para a troca de turno.

Então aqueles regimentos corriam, rolavam como lava, na Place Majeure, de alto a baixo, da direita para a esquerda. Rolavam em direção das arcadas, em volta do mercado redondo, agarravam-se nos bistrôs e passavam pela fonte, bombeavam tinas inteiras entre grandes guirlandas de lanternas que [balançavam] entre os eixos.[8] Tudo isso teria, finalmente, como que se fundido uma coisa na outra, na Place Majeure, se tivéssemos triturado um pouco as matérias e a carne. Acabou acontecendo, me disseram, num dia em que os bávaros esmagaram tudo na noite do bombardeio de 24 de novembro.[9]

Então tudo parou de gravitar na Place Majeure e as divisões

dos belgas entraram nas tripas dos zelandeses com quarenta e três obuses que caíram de uma só vez. Dez mortos.

Três coronéis foram pegos jogando pôquer no próprio jardim do padre. Não posso garantir, eu aqui não vi nada disso, apenas me contaram. Nossas tardes com Cascade no L'Hyperbole continuavam a ser bem efusivas e escandalosas. É preciso admitir, a grande tristeza em Peurdu-sur-la-Lys para os que passavam ali apenas duas horas, e eles fizeram os homens irem para a Place Majeure, não era a falta de bebidas alcoólicas, não, pois havia das mais variadas, era a de mulheres. Amandine Destinée era a única criada que conhecíamos bem e ela só gostava de Cascade, via-se direitinho, era um caso de amor à primeira vista. Os outros mulherengos que viessem por ela de Ypres, de Liège, a heroica, ou do Alasca, ela desprezava até mesmo seus cheiros. Bordel não havia, era proibido por todos os regulamentos, e quanto às clandestinas, era tudo perseguido, encarcerado, rejeitado pelas quatro polícias.

Então tocavam punheta assim que tivessem bebido um pouco e dormido, talvez também se enfiassem no cu, os aliados, porque na época, no nosso país, ainda não era muito difundida essa encenação. Em suma, do ponto de vista de Cascade, havia, enfim, muito dinheiro ao redor de nós, quase oferecido. Era preciso mandar buscar Angèle, era sua opinião. Eu resisti, é preciso dizer, em nome de minha honra. Resisti até o fim porque já tínhamos enfrentado suficientes perigos e ameaças do destino. Por mais que ele fosse casado bem maritalmente com ela e com documentos republicanos, isso não impede que se a pegassem aqui, Angèle, em Peurdu-sur-la-Lys deixando-se foder em troca de dinheiro, Cascade não se livraria, por mais podre que estivesse seu pé, de ir recomeçar sua felação exatamente no primeiro do 70º, num piscar de olhos ou até mais depressa... Quer dizer, eu preferia não falar de pressentimento. A gente se entendia. Nada adiantou. Eu diria que Cascade estava empenhado, enfeitiçado pela própria perda. Não sossegou até que ela tivesse seu salvo-conduto. Ei-la portanto aqui, desembarcando, sua Angèle, sem avisar, uma manhã na sala Saint-Gonzef. Ele não tinha mentido, ela era tesuda de nascença. Ao primeiro olhar, ao primeiro gesto, ela deixava seu pau em chamas. Isso até ia, logo de cara, bem mais profundo, até o coração por assim dizer, e inclusive até o nosso verdadeiro eu que já não está no fundo de tudo pois é separado da morte por apenas três casquinhas de vida trêmulas, mas que tremem tão bem, tão intensamente e tão forte que já não conseguimos evitar de dizer sim, sim.

Onde estávamos instalados, e eu sobretudo se me comparo, no fundo do bocal de dor, para que eu voltasse a sentir tesão precisava realmente que a garota Angèle me oferecesse sua biologia. Ela me deu umas olhadelas comportadinhas no mesmo minuto e me encorajou. Isso não perturbava Cascade.

— Está vendo, Ferdinand, não menti para você, quando ela sair olhe a bunda dela, com toda certeza quando for encontrar os soldados ela vai provocar motins, eu bem que lhe disse, ela pega fogo… Vá, minha menina. Vá procurar as arcadas… o café do L'Hyperbole. Vá perguntar por Destinée, a criadinha, ela está avisada. Você vai morar com ela… Passarei para te pegar de tarde, com meu amigo. Vá levar seu salvo-conduto para que o comissário o assine… Não saia antes que eu te diga… Tenho umas ideias… Ponha-se em ordem… Não fale com ninguém… Se te interrogarem você chora um pouco, diz que seu marido está muito doente… O que é verdade. E já nos entendemos… agora se arranque…

Meio gagá como eu estava, fiquei boquiaberto com Angèle. Teria chupado ali mesmo o meio de suas coxas. Teria pagado qualquer coisa se tivesse fundos. Cascade me observava. Rolava de rir.

— Não fique aceso, Loulou.[10] Se for mesmo amigo, quando ficar de novo de pau duro deixo que você foda a lindeza e quero que ela resplandeça, emocionada como se fosse com um oficial. Você está vendo que não posso fazer mais que isso...

Estavam na moda os corpetes bem apertados para o verão. Eu pensava no dela, isso me punha diante dos olhos como que um véu de sonho com os bicos das tetas e aí eu era atacado de novo por uma grande tempestade de zumbidos, e depois ia vomitar na latrina por causa das vertigens que me sacudiam quando me excitava muito tempo.

Saímos, como de costume. No L'Hyperbole estava, como sempre, Destinée entre os soldados e Angèle também, que bebia anisete com senegaleses. Isso não agradava a Cascade, que me disse:

— Pela primeira vez não quero envergonhá-la diante da substituta mas se ela ficar saracoteando aqui e acolá enfio-lhe a navalha na gordura da bunda... Ensino-lhe a promiscuitar. Ei, minha mulher, diga aí — ele lhe disse —, estou vendo que você pegou um jeitinho bem esquisito enquanto eu estou aqui ferido... Saiba que não está em Paris, e que eu estou aqui... Você vai para onde eu te disser e não para outro lugar...

Era visível que a observação não agradou a Angèle. Fiquei constrangido por ela. É verdade que em seus trejeitos ela parecia nervosa.

— Ferdinand, sabe, não vai ter uma boa opinião, e olhe que rasguei todos os elogios a você, pergunte a ele. Mostre seu avental a Ferdinand, ande, mostre, estou lhe dizendo...!

Angèle não estava contente, mas nem um pingo. Ela não queria. Ele era um violento nesses casos.

— Mostre a ele ou te meto a bengala no meio da cara!

A garota Destinée se mantinha atrás de Cascade. Não sabia que atitude tomar mas tremia por Angèle.

Afinal, Angèle não cedeu em nada. Ele recuou, por causa do escândalo que aquilo provocaria. Angèle olhou para ele da cabeça aos pés. Ele murchou. Havia também toda a guerra que nos esmagava. O Cascade já não podia espancar a mulher. Ela o encarou por um minuto, a Angèle, de alto a baixo.

— Você fede, Cascade — ela disse —, você fede e vá à merda, e eu vim para te dizer isso e bem no seu nariz, e farei com que te mandem embora na hora que eu quiser...

Foi como uma chicotada bem no meio da cara, com toda certeza era a primeira vez que o xingavam de merda na frente de todo mundo, e a mulher dele ainda por cima...

— Psiu! — ele assobiou. — Psiu! — fez de novo. — Você bebeu demais, Angèle, se repetir uma palavra sobre isso eu te mato na saída...

Ele tinha recomeçado.

Isso se passava na salinha do fundo mas a certa altura ela berrou tão alto que fiquei pelado de medo. Ela continuava, para que eu ficasse sabendo, mas agora, cochichando, era puro farol. Ele estava estraçalhado. Era mais que explicável. Finalmente, bebemos, com o dinheiro dela. Ela zombava ao vê-lo todo amedrontado.

— Te deixei todo encagaçado, hein, Cascade, eu te domino... Estou cheia da sua cara de paspalho...

— Você não é humana, Angèle. Você não é humana — ele dizia.

E revirava seus olhos de peixe morto — estava com medo. Saiu do L'Hyperbole só quando a patrulha passou, para voltar ao hospital. Mesmo assim ela nos passou uma nota de cem francos, e depois, bem na frente de Destinée:

— Não briguem — disse. — Amanhã — disse também — sou eu que comando.

Nada disso era muito importante porque necessariamente

tudo se fundia nos terrores e nas doenças de todo tipo. Relato isso porque é um bocado divertido. Mas Cascade estava apavorado.

— Nunca pensei que ela pudesse ficar assim, Ferdinand... São os estrangeiros que a estão levando à perdição.

Era a ideia dele. Foi dormir com essa ideia aí. De manhã, ainda falava disso.

Sem a menor dúvida Angèle perverteu a Destinée no bar L'Hyperbole. Dividiam um quarto. E depois ela começou a ter outras ideias diabólicas.

Eu sentia tanta dor de cabeça que não conseguia sair todo dia. Lamentava. Estava tão mal, e por todo lado, que não conseguia me ocupar dela. A L'Espinasse me vigiava. Já não me beijava de noite. Já não falava comigo. O zuavo ao lado tinha morrido. Uma noite, não estava mais lá quando voltei. A noite foi ainda pior que de costume. Eu tinha me habituado a esse zuavo, a suas nojentices, a tudo. Que ele tivesse ido embora, eu tinha certeza, era mais um sinal de algo pior. Nunca mais poderia acontecer coisa pior.

E depois, vocês vão ver que me enganei. Cascade e eu desconfiávamos do que a garota Angèle, com sua autorização de residência, faria na cidade. Ele não tinha mais autoridade sobre ela, por mais cafetão que fosse.

— Você não sabe o que pode fazer uma mulher nesses casos. É que nem uma pantera que saiu da jaula, ela não conhece mais ninguém... Foi a grande cretinice da minha vida mandá-la vir. Pensei como antes... A vi como antes... Não sei o que podem ter feito com ela...

Ele se dava conta.

— Tenho certeza de que ela está dando para qualquer um. Vai ser pega e depois, sem nenhuma dúvida vai me dedurar... porque eu te disse, ela virou uma caguete... Pois que ela me seja devolvida a Paris, e olhe que tinha informado minha irmã a respeito, antes de partir. É inacreditável. Só que se eu a encontrar uma hora dessas vou fazer uma coberta de cama com esses meganhas, está ouvindo, uma colcha só com a pele da bunda da Angèle de tanto que vou surrá-la antes de pôr ela no olho da rua.

Com as duas mãos ele desenhava um grande quadrado a meus pés.

Todos os outros caras, a não ser os agonizantes, rolavam de rir ao ouvi-lo praguejar contra sua garota. Primeiro, estavam se lixando para as histórias de Cascade, não entendiam nada vezes nada, preferiam as cartas a qualquer outra coisa, e escarrar também, e mijar no patinho gota a gota esperando que lhes escrevessem de suas retaguardas dizendo que estava tudo bem e que a paz chegaria em breve. Era o canhão, que em torno de 15 de julho se aproximou cada vez mais, que se tornara um incômodo. Volta e meia era preciso falar muito alto no quarto comum, bem alto para ser ouvido, para repetir as cartas. De dia o céu ardia tanto que a gente ainda tinha muito vermelho nos olhos ao fechar as pálpebras.

Nossa ruelinha felizmente andava bem sossegada. À direita era o Lys que corria a nem dois minutos dali. A gente seguia um pouco o caminho de sirga, chegava assim do outro lado das muralhas, aquele que dá para o campo, quer dizer, para a vertente pacífica dos campos. Havia carneiros na vertente pacífica que pastavam em plena vegetação. Cascade e eu os olhávamos comendo as flores. Sentávamos. Praticamente já não ouvíamos o canhão. A água estava mansa, não tinha mais tráfego. O vento soprava nos choupos lufadas que pareciam risinhos. De irritante só os pássaros cujos gritos parecem tanto as balas. Finalmente, não falávamos muito. Desde que tinha visto Angèle eu me dizia que Cascade corria tanto perigo quanto eu.

As tropas não passavam ao longo da sirga. Todo o tráfego estava interrompido. A água repousava, negra, com nenúfares em cima. O sol passa e se oculta facilmente no breu, por uma coisinha à toa. É um sensível. Eu começava a pôr um pouco de ordem nos meus zumbidos, os trombones de um lado, os órgãos só quando eu fechava os olhos, o tambor a cada batimento do coração. Se não tivesse tido tantas vertigens e náuseas teria me acostumado, mas de noite, duro mesmo é adormecer. É preciso alegria, relaxamento, abandono. Era uma pretensão que eu já não tinha. O que ele tinha, Cascade, não era nada se comparado a mim. Eu bem que teria dado meus dois pés para que eles apodrecessem, em troca de me deixarem a cabeça tranquila. Ele não entendia isso, a gente não entende a ideia fixa dos outros. É uma idiotice a paz dos campos para quem tem os ouvidos cheios de barulho. Ainda é melhor ser músico de uma vez por todas. Talvez ter paixões como a L'Espinasse fosse um jeito de se manter muito ocupado? Ou de ser chinês, que se consola com as torturas.

Eu também teria de encontrar um troço bem delirante para compensar toda a tristeza de estar trancado para sempre na minha cabeça. Com um troço desses, nunca mais eu poderia ficar sem fazer nada. Não conseguiria dizer se estava louco ou não, mas bastava que tivesse um pouco de febre para que começassem a me acontecer umas coisas esquisitas. Já não dormia o suficiente para ter pensamentos claros aos quais me agarrar. Não me agarrava a nenhum. Foi o que me salvou em certo sentido, se posso dizer, porque pensando bem com toda certeza eu teria morrido ali mesmo. Não teria esperado muito tempo. Teria deixado por conta de Méconille.

— O campo é como se ele te ninasse — o Cascade dizia diante das pradarias. — Como se te ninasse e mesmo assim é traiçoeiro por causa das vacas. Eu, foi no bosque que encontrei meu nome. Na verdade não me chamo Cascade, também não me chamo Gontran, me chamo Julien Boisson.

Ele me pôs a par disso como uma confissão. E depois fomos

embora. Ele estava apreensivo. Evitamos na volta passar pela ruela que dá para o cercado das fuzilarias. Escolhemos ruas bem sossegadas, ruas de conventos. Mas também ali não ficamos de consciência tranquila, é calmo demais. Nós nos separamos, designamos um destino para andar no meio dos paralelepípedos.

— Vamos ver o que ela está fazendo — ele disse.

Havia três dias que não tínhamos nos atrevido a voltar ao L'Hyperbole. Portanto, voltamos pela rua onde ficava a prefeitura e depois por aquela que tem uma escadaria monumental que se abre em forma de leque até o meio da praça do Centro. Ali ficamos. Inspecionamos os lugares primeiro, antes de atravessar. A gente sempre tinha de desconfiar dos paspalhos, nossas saídas não eram totalmente regulamentares. Os belgas sobretudo, eram uns cachorros. Não existe policial tão filho da puta como eles. Tudo astuto, tudo sonso, aquilo ali conhece todos os cruzamentos de duas ou três raças.

Na Place Majeure havia o trânsito, o alvoroço costumeiro, e além disso as barracas do mercado que agora funcionavam todo dia de tantos negócios que faziam. Um pouco à esquerda havia a mais linda casa, aquela que tinha no mínimo três andares em pedra talhada, o Estado-Maior dos britânicos. Só vendo o que saía de lá em matéria de automóveis e de caras bem-vestidos! O príncipe de Gales vinha, parece, todo fim de semana. Lá ele tinha recebido, dizia-se, o Kronprinz que fora lhe pedir num domingo que não se desse tiro de canhão durante três horas para enterrarem os mortos. Para vocês terem uma ideia.

Pois bem, nós, quem vemos? A nem vinte metros de um funcionário inglês? Toda enfeitada de crepes até os pés? Ainda assim, a reconhecemos direitinho. Cascade parou um minuto. Pensou. Compreendeu.

— Viu só, Ferdinand, ela está fazendo trottoir... E te digo que está se metendo com os ingleses...

Eu não era muito competente mas por ora me parecia isso mesmo a atitude de Angèle. Cascade ainda pensa.

— Se você a atrapalhar, furiosa como ela está, pode esperar qualquer coisa, Cascade! Vou me arrancar...

— Fique aqui. Vamos pegá-la na maciota. Ou melhor, não diga nada que estou aqui. Vá sozinho lhe dar uma cantada.

Deu bastante certo. Angèle se divertia. Já tinha apanhado três oficiais na véspera, e todos ingleses.

— São generosos. Faço isso apelando para a desgraça.

Era isso que explicava o véu, supostamente ela já perdera o pobre pai na batalha do Somme e seu marido estava no hospital em Peurdu-sur-la-Lys. Era justamente Gontran Cascade, o marido, como atestava o falso salvo-conduto. Então, estava em regra, o oficial britânico tomava uma aula de francês, com o sentimento ainda por cima. Só na véspera ela tinha faturado doze libras.

— Você não roubou nada — eu falei.

— Não, nada, e eles gozaram bastante, garanto, em cima da minha desgraça.

Ela dava gargalhadas junto comigo e eu aproveitava para boliná-la um pouco.

Cascade nos esperava no L'Hyperbole, estava combinado, se eu conseguisse arranjar as coisas. Não falhei. Não posso dizer que seduzia Angèle, mas ela me suportava melhor que seu homem. Não podia nem ver a cara da aprendiz substituta, a criada Destinée. E no entanto ela morava no seu quarto!

— Escute aqui — ela disse de chofre a Cascade —, bem que você podia ensinar à sua putinha a lavar a racha antes de se deitar?

Achei que ele ia lhe meter a bengala no meio da cara, mas já não havia homem. Bébert já estava indo rumo a seu destino e pelo visto o sabia.

— Isso não vai te trazer sorte, Angèle, o que você está fazendo aí, isso não vai te trazer sorte, lembre-se bem, você se prostituiu em Paris de um jeito esquisito desde que fui embora. Você não tem gabarito para bancar o macho, Angèle, isso vai te subir à cabeça, isso vai te trazer desgraça, ainda mais que a mim... não esqueça.

Ele lhe falava suavemente. Ele me surpreendia.

Antes que a gente fosse embora ela lhe passou, de novo na frente de todo mundo, uma nota de cem francos. Dava para nós dois. Eu não pedia mais nada aos meus pais. E depois, revimos meus pais, e revimos tudo e todo mundo de repente. Aquilo voltou como uma lufada violenta de tempos idos. Vou explicar a vocês a razão. Um domingo também, eis que a L'Espinasse aparece no fundo da sala com um sorriso glorioso e amável dirigido a mim. Primeiro, como eu estava atrás do meu travesseiro me masturbando um pouco, desconfiei.

— Ferdinand — ela me disse —, sabe que grande notícia vou lhe anunciar?

Pensei pronto, eles vão me reformar sem terem me visto, assim de supetão.

— Não? Você acaba de ser condecorado pelo marechal Joffre com a medalha militar.

Então eu saio do meu abrigo.

— Seus queridos pais vão chegar amanhã. Também estão avisados. Aqui está o seu magnífico elogio...

Leu-o bem alto para todo mundo.

— O cabo Ferdinand foi citado na ordem do dia do Exército por ter tentado sozinho liberar o comboio cujo caminho tinha a missão de indicar. No momento em que o comboio, surpreendido pela artilharia e pelos reforços de cavaleiros inimigos, estava sendo cercado, o cabo Ferdinand abriu fogo por três vezes, sozinho, contra um grupo de lanceiros bávaros e conseguiu assim, graças a seu heroísmo, cobrir a retirada de trezentos [estropiados] do comboio. O cabo Ferdinand foi ferido durante sua façanha.

Era eu. Disse-me logo de cara, Ferdinand, há um erro. É o momento de tirar proveito dele. Não tive, posso dizer, dois minutos de hesitação.

Reviravoltas de situações assim não duram. Não sei se há uma relação, mas nesse dia a linha de frente de Peurdu também se moveu. Os alemães recuaram, dizem, como um acordeão. Quase já não se ouvia o canhão. Os outros soldados no quarto não acreditavam na minha súbita promoção. Estavam um pouco enciumados, para falar a verdade. Até Cascade se interessava só em certa medida. Eu não lhe dizia que minha medalha era uma ficção, ele não teria acreditado.

É preciso admitir que a partir daquele momento as coisas se tornaram mais tranquilas e fantásticas. Soprou um grande vento de imaginação ao redor de nós. Pensando bem, tive suprema coragem, deixei-me levar, é o caso de dizer. Não cedi à surpresa que desejaria que eu continuasse tão idiota como antes, comendo desgraça e apenas desgraça pois era só isso que eu conhecia desde minha educação por meus bons pais e desgraças bem dolorosas, bem trabalhosas, bem suadas. Eu poderia não acreditar na feira de imaginação onde me pediam para subir em cima de um corcel de madeira, ajaezado de mentiras e veludos. Eu poderia ter recusado. Não recusei.

Ótimo, disse eu, o vento sopra, Ferdinand, apetreche sua galé, deixe os cretinos na merda, deixe-se levar, não acredite em mais nada. Você está quebrado em mais de dois terços mas com o pedaço que sobra ainda vai se divertir muito, deixe-se soprar em pé pelo aquilão favorável. Que você durma ou não, titubeie, foda, cambaleie, vomite, espume, pustule, febricite, esmague, traia, não se constranja, é uma questão de vento que sopra, você nunca será tão atroz e tão imbecil como todo mundo. Avance, é tudo o que lhe pedem, você tem a medalha, você é bonito. Na batalha dos idiotas absolutos você está enfim ganhando, de lavada, tem a sua fanfarra pessoal na cabeça, só tem meia gangrena, está podre, é claro, mas viu os campos de batalha em que não se condecora a carniça e você está condecorado, não se esqueça disso ou não passará de um ingrato, de um vômito seco, da raspagem de um cu baboso, você não valeria mais do que o papel com que limpam o seu rabo.

Pus a menção honrosa no bolso com a assinatura de Joffre e recomecei a estufar o peito. Minha sorte, a minha, parece que ela afundava na merda o garoto Cascade. Ele nem mais sequer resmungava.

— Coragem, Gontran — eu lhe dizia. — Você vai ver como é que eu vou comer as burguesonas, a própria L'Espinasse e os caras da reforma, e o bispo, é assim que me sinto, se viesse falar comigo e não ficasse em posição de sentido eu iria enrabá-lo direitinho.

Cascade já não achava a menor graça nas minhas brincadeiras.

— Você é bonito, Ferdinand, você é bonito — era tudo o que ele achava de mim. — Devia se fazer fotografar.

— Acertou na mosca, vou lá — eu disse.

Fomos, com meus pais, na própria tarde em que chegaram. Meu pai estava como que transido. De repente eu me tornara alguém. Eles diziam que na Passage des Bérésinas já se falava às pampas da minha medalha. Minha mãe tinha uma pequena lágrima, uma voz emocionada. Essa não, isso aí me dava até nojo. Não gosto da emoção dos meus pais. Tínhamos, eles e eu, contas mais sérias. Meu pai estava impressionado com a artilharia que desfilava nas ruas. Minha mãe não parava de achar que os soldados eram jovens e que os oficiais estavam especialmente bem aboletados em seus cavalos. Eles lhe inspiravam confiança, esses oficiais. Meu pai tinha, além do mais, um conhecido em Peurdu-sur-la-Lys, era o agente dos seguros La Coccinelle. Fomos convidados a almoçar para festejar minha medalha militar, e depois, até a L'Espinasse também foi. Eu era o orgulho de seu hospital de campanha e depois foi Cascade, já que ele costumava estar sempre comigo, e depois minha mãe quis que Angèle também viesse pois eram casados. Ela não entendia nada da situação. Não podíamos lhe explicar. Primeiro, porque iam embora naquela mesma tarde. Procuramos Angèle, a encontramos na esquina do Estado-Maior inglês como nos dias anteriores.

A bem da verdade, Cascade não era mais que um molambo. Ele se derretia, sobretudo quando via Angèle. Já não reclamava. Até a Destinée tomava liberdades. Recuava a cadeira dele para que não estacionasse no caminho dos clientes no L'Hyperbole. Era um homem mudado. Eu me estufava graças à medalha, ele, ao contrário, era alguma coisa que o minava, que vinha da guerra e que ele já não entendia. Perdera a sua empáfia enquanto eu ia ganhando estatura e além disso parecia que ele se entregava por inteiro à má sorte.

— Resista — eu lhe dizia —, você está enfeitiçado pela sua garota Angèle e por enquanto ela se permite umas coisas bem feiosas, admito. Ela se aproveita da situação em que estamos, mas isso não vai durar, você vai recuperá-la quando ela tiver sofrido o golpe decisivo. Ela vai ficar contente que você retome as fabulações, e é muito urgente.

— Ora, ora, ora, por muito menos eu é que a denunciaria aos tiras, de tal forma não me reconheço mais. Que eles me devolvam ela a Paris e que ela vá se foder com os seus negros. Não é apenas que ela fique ou não, é que ou eu acabo com ela ou o morto serei eu, é muito simples. É uma tristeza o que a guerra nos apronta, e você diga o que disser. Tenho certeza de que ela tem um amante, a não ser que, para completar, seja fanchona e que eu nunca tenha desconfiado. Te juro, Ferdinand, Angèle é um monstro.

Sr. Harnache é como se chamava o agente de La Coccinelle. Em matéria de casa bonita e confortável, na época não havia nada melhor do que a sua. Não podia existir ninguém mais amável. Ele nos fez visitá-la em todas as direções. Era construção antiga, minha mãe apreciava muito. Ela cumprimentava. Ela lamentava que a sra. Harnache tivesse de viver tão perto do front. E as crianças engraçadinhas, dois meninos, uma menina, que vieram para a mesa conosco. O sr. Harnache era rico desde sempre, cuidava de La Coccinelle para ter um objetivo na vida.

Minha mãe, então, não parava de admirá-lo. Resumindo, ele tinha todas as coragens e muitas virtudes. Tão rico, [*algumas palavras ilegíveis*] entre as tropas tão perto do front, rodeado de crianças tão bonitas, reformado por fraqueza do coração, numa casa tão grande e tão bem mobiliada, tudo em estilo "antigo", com três empregadas e uma cozinheira, a menos de vinte quilômetros da linha de frente, tão simples conosco, tão condescendente, nos recebendo à sua mesa desde o primeiro dia, especialmente simplório com Cascade, se informando, calculando, quase venerando nossos ferimentos e minha medalha militar, vestindo um terno de tecido caríssimo, um colarinho engomado, alto e impecável, bem relacionado com a melhor sociedade de Peurdu-sur-la-Lys, conhecendo todo mundo, nada orgulhoso apesar de tudo, falando inglês como uma gramática, ornando sua casa com rendas de filé, o que minha mãe considerava a melhor prova do excelente gosto, escrevendo a meu pai cartas quase tão bem como ele, não totalmente, é claro, mas já admiravelmente, mantendo, coisa rara já na época, os cabelos à escovinha, corte severo que parece tão asseado e tão perfeitamente masculino e conveniente e que consolida a confiança dos eventuais assegurados. Minha mãe, com sua perna "de lã", como ela dizia, penava para subir cada andar, não se cansando de achar tudo admirável na casa do sr. e da sra. Harnache.

Em frente às janelas ela parava para respirar, dava uma boa olhadela na rua, para as tropas em fluxo e refluxo e ficava ali um instante, desconsolada diante daquela espécie de carnaval...

— Ainda se ouve o canhão — ela dizia.

E depois voltava a admirar o aposento ao lado onde tudo era testemunho de tesouros de várias heranças Harnache. Se tivessem lhe mostrado peixes num rio em vez de tropas na rua, minha mãe não teria entendido melhor o que lhes tinha dado na veneta para passarem sem parar uns atrás dos outros numa torrente de cores. Meu pai se viu obrigado a lhe dar vagas explicações todas imaginárias e bancar o competente. O próprio Harnache por amabilidade explicava a formação das tropas [hindus]...

— Eles também desfilam dois a dois, sempre, parece que se um dos dois camaradas é atingido por uma bala inimiga o outro não sobrevive. O fato é esse.

Então minha mãe, como se extasiava! Isso lhe despertava enfim sentimentos.

— Cuidado, Célestine — lhe dizia meu pai —, onde põe o pé aí atrás.

Tratava-se da escada tão bem encerada daquela casa modelo.

— Um verdadeiro museu... Como têm coisas bonitas em casa, senhora... — minha mãe não parava de felicitá-la.

A sra. Harnache esperava embaixo, na sala de jantar, com seus três filhos. Meu pai temia que minha mãe tropeçasse na frente dos outros. Ela mancava de tanto ter percorrido as escadas, além da estação de trem e dos paralelepípedos da cidade. Ele fazia uma careta, meu pai, pensando no seu gambito ignóbil e magro. Tinha certeza de que os outros também tinham visto debaixo das saias dela ao subir. Pensando bem, Harnache, com seus bigodinhos de gato, tinha jeito de ser safadinho. Devia bolinar as criadas. Meu pai dava uma olhada de sonso para o lado das criadas, quando elas passavam com os hors-d'oeuvre. Umas moças de vinte anos bem roliças. Quando iam para a cozinha levando os pratos tinham que subir dois degraus, o que descobria um pouco suas panturrilhas.

A srta. L'Espinasse chegou meio atrasada desfazendo-se em desculpas. À entrada da Place Majeure tinha ficado presa por causa da parada dos escoceses desembarcados na véspera, aos quais o general entregava a bandeira deles.

— Como foi lindo! Que magníficos rapazes, minha senhora! Ainda quase umas crianças, é verdade, mas esplêndidos de frescor, bravura e resistência!… Tenho certeza de que um dia vão fazer maravilhas e dar trabalho a esses alemães ignóbeis, uns animais, uns horrores!

— Ah, sim, senhora, com certeza, a gente lê nos jornais detalhes atrozes sobre a crueldade deles. É realmente inacreditável! Deveria haver uma maneira de impedir essas coisas.

Quanto às atrocidades, poupavam nossos ouvidos, os de Cascade e os meus. Não queriam dizer tudo o que tinham lido nos jornais. Para minha mãe certamente havia um recurso supremo junto a alguém muito poderoso para impedir que os alemães se entregassem a todos os instintos. Não podia ser de outro jeito. Meu pai, por uma vez na vida, era da mesma opinião. Se os alemães puderam se permitir tudo, então o mundo era diferente do que eles sempre tinham pensado, [era construído sobre outros princípios com outras noções], e o que eles pensavam devia continuar a ser verdade. É claro, existia contra as bestialidades guerreiras o recurso supremo. Bastava cumprir aqui, junto a alguém, seu dever assim como meu pai sempre o cumprira em sua própria vida. Era só isso. Não concebiam esse mundo de atrocidade, de tortura sem limite. Portanto, o negavam. Só de imaginá-lo como um fato possível lhes dava mais horror que tudo. Entupiam-se convulsamente de hors-d'oeuvres, congestionavam-se mutuamente encorajando-se a negar que não havia nada a fazer contra as atrocidades alemãs.[11]

— Isso não vai durar. Bastará uma intervenção americana.

A srta. L'Espinasse hesitava um pouco, era visível para nós dois, Cascade e eu, em se indignar tanto quanto os outros. Ela nos observava e nós estávamos bem deferentes. A bem da verdade, todos eles falavam uma língua esquisita, uma grande língua de imbecis.

O mais bonito é que Angèle finalmente chegou. Minha mãe, que não perdia uma, a felicitou de imediato por sua valentia ao ter ido se unir ao marido na zona de perigo... Se ela ainda ficaria muito tempo... Se ela estava autorizada...

Angèle não tirava os olhos da minha medalha militar, olhava fixamente.

Eu bem que teria comido a Angèle se tivesse tido um pouco de sono primeiro e de absoluta segurança por um ou dois dias pela frente. Mas a medalha não me dava sono, embora, mesmo assim, desse um pouco de segurança. Só que havia Cascade.

Chegamos ao pernil de carneiro. E aí então paramos de pensar por um instante. Repeti três vezes, meu pai também, o sr. Harnache também, sua mulher duas vezes, a srta. L'Espinasse uma vez e meia. Minha mãe ao me olhar comer tanto me sorria ternamente.

— Pois é, pelo menos o apetite não desapareceu — ela observava alegremente para todos...

De meu ouvido jamais se falava, era como a atrocidade alemã, coisas inaceitáveis, sem solução, duvidosas, inconvenientes em suma, que impediam a concepção de remediabilidade de todas as coisas deste mundo. Eu estava muito doente, eu não era suficientemente instruído, sobretudo na época, para avaliar do alto de minha cabeça muito zumbidora a ignomínia do comportamento de meus velhos e de todas as esperanças, mas percebia isso em mim a cada gesto, sempre que me sentia mal, como um polvo bem pegajoso e pesado como a merda, o enorme otimismo deles, cretinice podre, boba, que eles remendavam, contra todas as evidências, por intermédio das vergonhas e dos suplícios intensos, extremos, sangrentos, uivantes debaixo das próprias janelas da sala onde comíamos, o meu drama cujas degradações eles nem sequer aceitavam, já que reconhecê-las era perder um pouco a esperança no mundo e na vida, e eles não queriam perder a esperança em nada, contra tudo e contra todos, nem mesmo na guerra que se passava embaixo das próprias janelas do sr. Harnache em batalhões inteiros e que ainda ouvíamos roncar com seus obuses cheios de ecos em todas as vidraças da casa. Quanto ao meu braço, não poupavam elogios. Aquilo era um ferimento agradável sobre o qual o otimismo podia correr solto. Sobre o pé de Cascade também, aliás. Angèle não dizia nada, ela quase não tinha passado batom.

— Que mocinha simpática, aqui entre nós — me confiou minha mãe depois da salada. [*Uma frase ilegível.*]

Havia um complô à mesa. Não só festejavam minha bravura, como nos levantavam o moral, o nosso, dos feridos combatentes.

Aquilo durou bem umas duas horas, de tanto que comemos. Na sobremesa, o capelão, o cônego Présure, passou para parabenizar meus pais. Falava manso como uma senhora. Bebia café como se estivesse bebendo ouro. Era seguro de si. Minha mãe balançava a cabeça à medida que ele dava os parabéns, meu pai também. Aprovavam tudo. Aquilo vinha do céu.

— Está vendo, meu caro amigo, como no seio das mais terríveis provações com que ele se digna pôr à prova suas criaturas, o Senhor ainda guarda por elas uma imensa piedade, uma infinita misericórdia? Os sofrimentos delas são os sofrimentos dele, as lágrimas delas são suas lágrimas, as angústias delas, suas angústias...

Eu fazia uma cara bem assustada e contrita para também aquiescer na mesma medida de todos os outros às palavras do padre. Eu o ouvia mal por causa de meus zumbidos que me formavam em volta da cabeça como que um capacete de barulheiras quase impenetrável. Somente através desses apitos e como se através de uma porta de mil ressonâncias me chegavam suas palavras todas cheias de baba e fel.

Minha mãe deixava sua boca meio aberta de tanto que aquele padre dizia coisas elevadas. Saltava aos olhos que ele estava acostumado, não parava de dizer coisas elevadas, assim como minha mãe estava acostumada a ser devota e eu, a zunir, e meu pai, a ser honesto. Todos nós bebemos mais conhaque, e do envelhecido, para festejar de novo a medalha militar.

Cascade chupava do copo de Angèle, nem sequer deixava os outros terminarem, para agastá-la. Dava grandes goles bem diante da cara deles. Achava isso engraçado. Estávamos numa espécie de dança na sala de jantar do sr. Harnache, uma dança de sentimentos. Isso vinha, isso ia, no meio de meus zumbidos. Mais nada era estável. Estávamos bêbados, todos. O sr. Harnache tirara a gravata. Voltamos a beber café. Já não escutávamos muito o padre. Só mesmo minha mãe, que ainda balançava a cabeça na altura de sua boca, é que seguia os ainda mais elevados sentimentos a respeito dos perigos da guerra e das bondades sobrenaturais do nosso Bom Deus.

Angèle e Cascade trocavam palavras duras. Eu não ouvia muito bem mas aquilo explodia.

— Não vou, não mesmo... — ela dizia. — Não vou, não vou mesmo...

Era ela que o irritava. Ele me dissera, antes que a gente saísse, que seu prazer era comê-la ao lado da latrina. Ela não iria. Bem.

— Então vou cantar uma música! — ele disse.

E se levantou da cadeira. Meu próprio pai estava um tanto congestionado. A tropa passava, não parava, aquilo caía em cascata pela rua como um pesado temporal de ferro, a cavalaria, e depois a artilharia entre os esquadrões que cambaleia, tropeça, vacila de um eco a outro. A gente se habitua.

— Ele não sabe! — anunciou na mesma hora a garota Angèle.

Vi direitinho seus olhos. Era um desafio. As pupilas negras que tinha e depois a boca bem sangrenta e provocadora e as sobrancelhas bem desenhadas acima das doçuras e dos atrativos. Convinha desconfiar. Com toda certeza Cascade, porém, percebia.

— Vou cantar uma se me apetecer, e além do mais não é você, sua bruxa, que vai me fazer calar o bico!

— Tente — ela disse. — Tente só para ver, e vai ver o que é bom!

Admito que ela estava muito excitada com as bebidas mas, convenhamos, ainda havia coisas que ela não podia dizer e se safar.

— Como assim, como assim, sua putona, você agora se atreve a desafiar o seu homem na frente das pessoas! Você foi virada do avesso pelos gringos ingleses desde que eu te mandei vir aqui para me ver… De quem você acredita que é? Você não conta para essa gente como é que eu te encontrei, rodando bolsinha na Passage du Caire, e como sem mim você nunca teria ganhado dinheiro para se exibir com a sua primeira blusinha. Se disser mais uma palavra suja eu te arrebento a porra da tua cara de bunda! Que nada! nem isso você merece… Sem-vergonha!…

— Ah, sei! — ela disse…

E mais baixo, bem concentrada nas palavras que sem dúvida tinha preparado antes de vir.

— Você acha que a garota Angèle com toda certeza continua a ser a mesma boboca... Hein, é isso que você acha! Que ela vai te conseguir uma outra piranha, dez piranhas, três mulheres da vida e todas as imundícies que o senhor apanha e que têm a xoxota podre, um pirralho todo mês na barriga que a gente precisa criar juntas, cada uma com duas ou três sífilis que custam caro, e que a garota Angèle é quem vai bancar tudo isso, vai pagar as poções e os aperitivos da família com sua boceta, sempre sua boceta, de novo sua boceta... Não, meu gostoso, estou cheia, e vá à merda, você está podre, continue podre. Faça-se enrabar você sozinho, cada um por si, esta são as últimas notícias da minha edição da tarde!

— Ah! Ferdinand. Vou calar a boca! Você ouviu. Taí, vou te dar as tripas dela...

O sr. Harnache estava ao lado, o padre, a srta. L'Espinasse, todo mundo mergulhado em profunda emoção... Ele já estava com a faca de bolo na mão. Não poderia fazer muito estrago.

Minha mãe ouvia esses horrores. Era um tom de horror que ela não conhecia. Seguraram Cascade. Ele se sentou de novo. Balançava a cabeça como um metrônomo. Sua mulher estava do outro lado, ainda bem. Nem por isso ela baixava os olhos.

— Cante-nos alguma coisa, caro Cascade — acabou dizendo a sra. Harnache, que era uma perfeita idiota para ter compreendido alguma coisa. — Vou acompanhá-lo ao piano.

— Bem! — ele disse, e foi até o piano firmemente decidido, como para assassinar.

Não parava de olhar para Angèle de alto a baixo. Ela já não se irritava.

Eu sei... tralala tralala que você é bonita-a...
Trala, trala.
Que seus grandes olhos cheios de doçuras... uras... uras
Meu coração capturas!

E que é para toda a vida... ida... ida...
Eu sei...[12]

Então, foi Angèle que o provocou de novo. Levantou-se de propósito, apesar do padre que tentava segurá-la.

— Tem uma coisa que talvez você não queira dizer, patife de uma figa, é que você se casou duas vezes... é, duas vezes... e com documentos falsos na segunda. Ele não se chama Cascade, senhoras e senhores... Nada de Gontran Cascade, e além disso é bígamo, sim, bígamo e que se casou com documentos falsos... que sua primeira, ela também faz trottoir, em Toulon, sim, e que ela usa o nome verdadeiro dele... que é seu nome de verdade, isso mesmo. Diga a eles, a esses senhores e senhoras, se não é verdade...

— Você sabe mais que isso? Diga, você sabe mais! — ele não parava de cantar.

O grupo já não sabia o que fazer... A Angèle tinha se levantado para ir xingá-lo bem na cara dele.

— Se eu sei mais coisa...

— Pois então, ande, diga tudo, já que tocou nesse assunto, diga tudo o que sabe já que é tão espertinha. Você vai ver como vai sair daqui. Vai ver como o Julien... ele vai te esmagar, ovo podre, geleia de merda. Continue, já que começou, continue...

— Não preciso da sua autorização, não preciso nem um pouco. Vou dizer bem alto quem foi que liquidou às duas horas da madrugada do dia 4 de agosto o vigia do Parc des Princes... Tem testemunhas... Léon Crossepoil... a menina Cassebite, eles também vão poder dizer...

— Está bem — ele diz. — Vou cantar assim mesmo. Pronto, escute só, sua puta sórdida, se eu não vou cantar de novo, escute. Se você me mandasse para a guilhotina, está me ouvindo, para a guilhotina, da mesma maneira, do fundo da tina, eu ainda cantaria se tivesse vontade, só para te encher o saco. Escute.

Eu sei tralala trala que você é bonita...
Que seus grandes olhos cheios de doçuras...
Meu coração capturas...
E que é para toda a vida...
Eu sei...

— Quer uma outra estrofe? Vou te dar [*elas*] todas [*algumas palavras ilegíveis*]. Todas para que a merda suba e te sufoque. Todas, me escute bem, e eu não tremo nos agudos, viu, você vai poder dizer isso a eles. Se reparar bem, vai ver que para Cascade uma idiotazinha da sua laia não é lá essas coisas.

....
....
....
....

— Eu sei todas as estrofes, todas, está me ouvindo, e vou te enrabar quando quiser.

— Não, você não vai me enrabar, não, você não vai me enrabar! Você que sozinho não é tão corajoso quanto o último dos enrabados. Você não passa de um incapaz, um metido a gostosão, nem sequer capaz de se comportar como todo mundo da sua idade... Você é pior mulher do que eu, uma vagabunda, não diga o contrário, pior mulher do que eu.

— Como! Como... — disse então Cascade todo hesitante. — O que você está dizendo?

— Estou dizendo, estou dizendo... que foi você que atirou no seu próprio pé para voltar para a retaguarda e ir me torrar a paciência... Diga a eles que não foi você... Hein, diga? Estão vendo como ele é! — acrescentou apontando para ele como um fenômeno, era puro espetáculo.

Ele se balançava sobre o pé podre, Cascade.

— Vou cantar mesmo assim, pela França — ele disse com voz cansada. — E além do mais, sabe — disse também —, você nunca vai me calar, está me entendendo? Está para nascer a fulustreca que vai me apagar, está para nascer... ouviu bem? Vá procurar um homem se quiser, e vai ver se ele consegue me calar. Tem aqui dentro, bando de cretinos, alguém que se apresente para me calar a boca?

Ninguém respondeu nada, é claro. O padre recuava para a porta bem de mansinho. Os outros não ousavam se mexer. Minha mãe se continha para não ir acalmá-lo com palavras maternais e ajuizadas.

....
....
....

E depois, ele ficou ali todo vacilante e orgulhoso, perto do piano. Cantava desafinado e áspero. É engraçado que com a Angèle ele não tentava ir às vias de fato. E olhem que ela estava quase ao lado dele. Eu observava tudo porque era como num pesadelo, a gente não tem mais nada a fazer a não ser suportar as coisas... Ele também era um pesadelo, no fundo, a Angèle também. O que era bom em certo sentido. Ela reconheceu.

— Sim, estou lhe dizendo, foi você mesmo que se feriu. Você me escreveu isso... não diga que não me escreveu.

— E daí? — ele perguntou.

— Eu mandei sua carta para o coronel, sim, mandei. Agora você está contente, e além do mais vai fechar sua boca imunda, não é, vai fechar.

— Não, não vou fechá-la, não, não vou fechá-la nunca, lixo nojento de carniça... Sim, você mesma. Preferiria lamber as latrinas, está ouvindo. Preferiria que me abrissem o bucho com um abridor de lata de sardinha a fechá-la por sua causa...

— Vou acompanhá-lo, sr. Carcasse — a sra. Harnache recomeça.

Ela não tinha entendido nada, achava que era uma briguinha...

Então Angèle se sentou ao lado de minha mãe.

Nesse momento o regimento de cavalaria passava lá fora.

O que eu ouvia era mesmo a fanfarra. Pensei que era a srta. L'Espinasse que se misturava nela e que tocava trombeta, um bom trompetaço, embora ela estivesse de capacete. Um capacete três vezes mais alto, como as notas. Não era normal.

— Cascade — eu disse. — Cascade — eu... — Viva a França! Viva a França!

Desabei. Tudo parou naquela sala de jantar até a música de Cascade. Não havia mais do que meus zumbidos, de alto a baixo da casa, e mais longe ainda, toda a carga de cavalaria que se despencava pela rua através da Place Majeure. Os enormes obuses de 120 que bombardeavam o mercado. No fundo eu compreendia o delírio das coisas. Por um instante avistei de novo o comboio, o meu pequeno comboio, queria segui-lo. Le Drellière me fazia sinais, bravo Le Drellière... Ele fazia o que podia... Eu também... [Corri, corri... e depois caí de novo.]

Com tantos anos passados a lembrança das coisas, bem exata, é um esforço. O que as pessoas disseram quase se transformou em mentiras. Convém desconfiar. É um filho da puta, o passado, ele se funde no devaneio. Pega umas melodiazinhas no caminho que não lhe pedíamos. Volta-nos zanzando, todo maquiado de lágrimas e arrependimentos. Parece brincadeira. Então é preciso pedir socorro ao pau imediatamente, para a gente se encontrar. Único jeito, um jeito de homem. Sentir uma paudurecência feroz mas não ceder à punheta. Não. Toda a força sobe para o cérebro, como se diz. Um arrebato de puritano, mas rápido. O passado é fodido, ele se entrega, um instante, com todas as suas cores, seus escuros, seus claros, os próprios gestos exatos das pessoas, lembrança toda surpresa. É um pulha, o passado, sempre bêbado de esquecimento, um sonso de verdade que vomitou em cima de todas as nossas velhas histórias, já guardadas, quer dizer, empilhadas, horrorosas, bem no final agonizante dos dias, no seu caixão, o seu mesmo, morte hipócrita. Mas afinal de contas, é problema meu, vocês me dirão. Eis na realidade como as coisas se ajeitaram, ou melhor, se desfizeram, depois que fui reanimado e que voltei para o hospital.

Antes, cheguei a levar à estação meus pais que já não sabiam onde se meter. Seja como for, insisti para ir até lá, cambaleando. Com Cascade que me segurava e que mesmo assim penava em cima de seus dois gambitos. O padre, a L'Espinasse também foram embora. Angèle, mais ninguém a encontrava. Ela caiu fora, pela cozinha. Meu pai sobretudo estava angustiado pelo que acabava de ouvir e ver.

— Venha, ande, Clémence, venha logo — ele estimulava minha mãe que mancava quase tanto quanto Cascade por ter ficado sentada —, venha depressa, depois deste só temos um trem às onze horas.

Estava mais pálido do que todos nós. Foi ele que mais depressa se deu conta das coisas. Eu ainda zumbia demais e Cascade acabava de interpretar seu papel de rapaz que não tem medo de nada. Éramos bloqueados por tropas a cada vinte metros. Finalmente chegamos à plataforma da estação em cima da hora, quando o apito tocava. Então só ficamos nós dois juntos. Era a hora de voltar para o Virginal Secours, rapidinho.

— Vamos? — ainda assim perguntei a Cascade.

— Claro — ele respondeu —, ou você gostaria que eu fosse ao baile?...

Não disse nada. Ao chegar ao quarto, vendo os caras jogando *piquet* debaixo dos cobertores, a gente desconfiava que a notícia já teria se espalhado. Eles não se falavam muito mas não tentavam saber as novidades da cidade como de costume, quando voltávamos, e sempre surgiam umas sacanagens, obviamente, sobre bundas, o que tínhamos conseguido ver no café, na rua, perguntas de uns caras bem corretos, pensando bem. Nada desse tipo.

Foi Antoine, o enfermeirozinho do Sul da França, aquele

que estava engessado perto da porta, que me cochichou quando eu passava para ir mijar.

— Os tiras do corpo do Exército, sabe, vieram em dupla perguntar por Cascade, era para uma informação, foi o que disseram... Você sabia?

De imediato volto até Cascade e o escuto. Ele não responde nada.

— Está tudo bem — diz.

Chegou a noite. Desligaram o gás.

Eu pensava, pronto, com toda certeza os tiras já sabem, e vão chegar de manhãzinha para levá-lo. Ouvi os sinos das nove horas e depois teve um tiro de canhão não muito longe e depois mais um e depois mais nada. A não ser o ritmo habitual do rolar dos caminhões e depois a cavalaria e o rumorejo enorme dos pés dos soldados de infantaria que sobe pelos muros quando passa um batalhão. Um apito na estação. Eu precisava arrumar tudo isso na minha cabeça antes de conseguir dormir, me agarrar muito bem com as duas mãos no travesseiro, me encher de vontade, rejeitar a angústia de nunca mais dormir, aglomerar meus ruídos, os meus, toda a minha bateria de ouvido, com os de fora e para que aos pouquinhos eu conseguisse ter uma hora, duas horas, três, de inconsciência, como quem levanta um peso enorme e o solta, para novamente fracassar numa enorme debandada. Então a gente explode, só pensa em morrer, volta à carga do sono como os coelhos encurralados durante a caça, contra um fosso, que deixam tudo ali e já não insistem, mas tornam a partir, esperam de novo. É inacreditável como é uma tortura o universo do sono.

De manhã, houve calma. Ecos de explosões, mais nada. A enfermeira trouxe o suco. Observei que ela olhou para Cascade de um jeito inabitual. Com certeza sabia coisas. Era uma moça do convento. A L'Espinasse, não a vimos mais. Estava ocupada na sala de operação, nos diziam. Eu me perguntava que papel, afora eu, ela pôde afinal desempenhar no que se preparava. Depois do suco Cascade foi para o lavabo e depois voltou para jogar um *piquet* com Groslard, como a gente chamava o cardíaco que ficava depois do leito do fulano da esquerda. Groslard não era *gros*, gordo, na verdade, ficava inchado nos pés, na barriga por causa de seu coração e da albumina. Mais nada. Fazia três meses que isso o deixava na cama. Quando desinchava de repente, já não o reconhecíamos. Então se produziu uma coisa. Cascade ganhou dele quatro partidas seguidas, ele, Cascade, que em geral não ganhava nunca. Camuset, um aleijado de muletas que estava vendo, se excitou com aquilo e lhe propôs uma manilha com dois árabes a ser jogada na sala dos curativos enquanto as enfermeiras iam almoçar. Era proibido. Foi de novo Cascade que ganhou tudo. Era uma sorte fenomenal. Um suboficial da sala Saint-Grévin ao lado que passava por ali não conseguia acreditar. Levou-o para a sala dos suboficiais para que jogasse um pôquer com eles. O Cascade continuava a ganhar sem parar. No final se levantou muito pálido e abandonou o jogo.

— Não vou muito bem — ele disse.

— Ao contrário, vai muito tranquilo — eu lhe disse. — Vai gloriosamente.

Era para reanimá-lo. Ele não tinha a mesma opinião. Fomos nos deitar de novo, para a visita. Méconille passou com duas moças de fora e um cara à paisana que nunca tínhamos visto. Quando parou diante do leito de Cascade, foi ele que perguntou:

— Senhor major — disse —, gostaria que me cortassem o pé. Ele já não me serve para andar...

Méconille fez uma cara bem constrangida, ele que de costume nunca recusava cortar alguma coisa.

— Vai ser preciso esperar ainda um pouco, meu filho... É muito cedo...

Mas era visível que Méconille se continha. Normalmente

não teria falado assim. Os outros fedelhos também não achavam isso natural, vindo dele. Era muito esquisito.

Cascade fizera a tentativa. Caiu de novo no colchão.

— Vamos sair? — propôs.

Fomos rapidinho para a cozinha nos empanturrar de comida, era arroz, e depois saímos.

Pensei que a gente ia para o L'Hyperbole mas ele não quis.

— Vamos para o lado do campo.

Ele andava depressa, mesmo com o seu pé. O importante era não ser agarrado pelos gendarmes. Eles iam ficando cada dia mais severos quanto à circulação. Se não tínhamos autorização regular era, sempre, um verdadeiro drama, a L'Espinasse precisava ir pessoalmente nos extirpar da gendarmaria. Os tiras ingleses não eram melhores, os belgas ainda mais filhos da puta. Avançávamos como se estivéssemos em um terreno descampado, de um esconderijo a outro, e finalmente chegamos do lado do campo, como ele dizia, aquele atrás da cidade que, em suma, era oposto ao front. A paz, isto sim. Dali quase não ouvíamos o canhão. Sentamos num terreno plano. Olhamos. Longe, longe ainda tinha o sol e as árvores, logo seria pleno verão. Mas as manchas de nuvens que passavam ficavam um tempão em cima dos campos de beterrabas. Reafirmo que é bonito. São frágeis os sóis do Norte. À esquerda desfilava o canal bem adormecido sob os choupos cheios de vento. Ele ia ziguezagueando murmurar essas coisas lá longe até as colinas e seguia correndo até o céu que o recomeçava em azul antes da mais alta das três chaminés sobre a ponta do horizonte.

Eu bem que teria falado mas me contive. Queria que fosse ele que começasse depois do que aconteceu ontem. O troço das cartas também pedia uma explicação. Não acho que ele tenha trapaceado. Era a sorte.

Num cercado víamos [operários] e todos os monges, velhos,

trabalhar. Eles não davam bola. Podavam trepadeiras. Era o jardim da casa principal. Nos sulcos aqui e acolá um camponês elevava a paisagem com sua bunda. Reviravam a beterraba.

— Elas são enormes nos arredores de Peurdu-sur-la-Lys — observei.

— Venha — disse Cascade. — Vamos ver até onde vai isso?

— Até onde o quê? — eu disse um bocado surpreso, obviamente.

Não me parecia muito sensato em nosso estado ir passear por prazer.

— Não irei longe — eu disse.

Saímos andando, sempre em frente. Dávamos as costas para a cidade.

— Mas a gente tem de se apressar — eu disse. — Do contrário não conseguiremos voltar a tempo.

Ele não respondia. Eu me dizia que não valia a pena ser levado como desertor agora que eu tinha a medalha.

— Vou mais um quilômetro — eu disse —, e depois volto.

Também é verdade que eu ainda vomitei duas vezes no caminho.

— Você vomita o tempo todo — ele observou.

Era uma safadeza me dizer isso. Bem. Não fizemos nem mil metros. A apenas cem metros havia um gaiato que saiu de trás de uma guarita, com seu mosquete e sua baioneta calada, uma verdadeira fúria.

Depois de ter vociferado um tempão, quis saber aonde é que a gente ia.

— A gente vai dar uma volta no campo.

Não entregamos os pontos. Então ele abaixou a arma, nos explicou que esperavam todo um exército de reforço por aquela estrada e também que os alemães agora estavam bem ali ao pé das colinas, no final da planície, bem no lugar onde o canalzinho fazia aquele cotovelo. Que dali a três ou quatro horas nós também seríamos bombardeados se ficássemos ali. Que tínhamos de dar no pé, e depressa.

Nem uma nem duas, lá fomos nós capengando. Quer dizer que estava bloqueado em todo lugar. Recuamos para o canal depois dessas explicações. Eram movimentos absurdos de ronda que ele, Cascade, nos fazia descrever, com suas manias imbecis. Novamente ficamos na beira do canal. Vejo o amigo que então franze completamente as sobrancelhas e vai para a água.

— Acho você engraçado — lhe digo para tentar cortar a espécie de merda em que ele afundava desde a véspera no famoso almoço na casa do sr. Harnache. — Acho você engraçado, você não tem certeza de nada, não sabe sequer se a Angèle fez de verdade o que ela ficou vomitando, e você fica aí comendo o próprio fígado... Pretensiosa como ela é, fico sossegado, achando que ela disse tudo na frente de todos de propósito para te humilhar... e que ela tem a carta no bolso...

Ao me ouvir, Cascade levantou o canto da boca de propósito, por desprezo.

— Você pode dizer que está doente, então você... você então não vê como tudo isso se encaixa uma coisa na outra...

Eu não entendia. Portanto, me calei. Tinha minha opinião, mais nada. Ainda me sobrava dinheiro, vinte e cinco francos de meus pais e na certa ele ainda tinha o mesmo, de Angèle.

— Vou buscar uma zurrapa — proponho.

— Traga três litros, vai te fazer bem.

Ele me diz isso.

O bistrô ficava na entrada do canal na direção da cidade. Eu precisava de uns quinze minutinhos para ir e voltar.

— Você não me acompanha — digo.

— Não estou com vontade — ele diz. — Vou ver se encontro uma linha na eclusa e vou pescar.

Afasto-me tranquilamente, estou com meus pensamentos. Ouço atrás de mim um grande *pluc!* na água. Antes mesmo de me virar, entendo. Viro-me. Lá na eclusa o pacote que respingava era necessariamente Cascade. Só havia nós dois no canal.

— Você se afogou? — eu berro.

Não sei por quê. Era a intuição também. Sua cabeça estava acima da água, parada no mesmo lugar, e suas duas mãos. Ele não estava se afogando coisa nenhuma. Desvencilhava-se da lama. Eu me viro. E então rio da cara dele.

— Você está sem pé, hein — lhe digo —, seu otário! Você está sem pé. Está na merda, é isso aí.

Cascade estava feio para chuchu. Ainda bem que não havia ninguém para nos ver, já era bastante desagradável assim.

— Você não pode se afogar aí dentro, idiota, não é profundo. Eu teria te dito...

Ele não reclamava.

— Vá buscar o rum e me deixe em paz.

Foi assim que me respondeu. Torno a sair. Dessa vez trago um litro inteiro de rum, um litro de cerveja e dois de vinho branco e três brioches maiores que uma cabeça. A gente encosta num choupo. Enche a pança pra valer. Nos sentíamos mais bem alimentados e tudo. Tudo ia se acalmando.

— Eu queria pescar com anzol.

— Eu não sei — digo.

— Vou te mostrar.

Tudo bem, de repente eu estava caindo de bêbado. Retomo pela margem até o bar para alugar as linhas. Dão-me uma caixinha cheia de minhocas. A gente volta a brindar e mãos à obra. Jogamos as rolhas na água.

A linha mal toca na água ele pega um lúcio de verdade e uns peixinhos suficientes para encher um cesto. Eu não pego nada, naturalmente. Ele é que tem toda a sorte. Por volta das cinco da tarde não havia mais nada nas garrafas. Às seis caiu o dia.

— Tem que levar o peixe — ele disse.

Lá vamos nós pela estrada. Voltamos sem tropeços para o Virginal Secours.

— É a pesca milagrosa — disse a freira cozinheira, que era também encarregada dos despachos.

Não respondemos à piadinha. De qualquer maneira, nessas condições o pileque não dura. Mal tendo vomitado mais uma ou duas vezes, eu já estava perfeitamente de cara limpa. Estávamos demasiado preocupados, alertas por assim dizer. Tínhamos a noite pela frente. E uma noite que se prenunciava um tanto densa e bem traiçoeira. Primeiro a sopa, como de costume. Mas eis então que Cascade não quis ir se deitar. Ia da latrina à janela do corredor. A L'Espinasse fazia sua ronda, e no momento em que a porteira baixava o gás deixando-o no mínimo ela passou por trás dele sem parecer vê-lo e depois ficou plantada um instante na minha frente.

— É você mesma? — eu disse. — É você mesma?

Ela não respondeu. Ficou ali mais um minuto talvez e depois como que deslizou pela penumbra.

Então a noite realmente começou.

Cascade sentou no leito em vez de se deitar. Começou a ler, ele que por assim dizer jamais costumava ler. Iluminava-se com uma vela. O vizinho não achava graça, aquele que ficava em frente a ele tampouco, tanto mais que havia dois que não paravam de gemer e um outro que queria mijar o tempo todo. A enfermeira da noite veio soprar sua vela. Ele a reacendeu. Já eram cerca de onze horas. Ele tinha lido todos os jornais. Tentou ler na mesa do centro da sala. Voltou a se iluminar. Então o artilheiro marroquino da cistite, aquele que ficava diante da porta, aquele que no entanto roncava mais alto que todos, um verdadeiro *caïd*, jogou sua bengala pela sala, na altura da vela. Cascade se levantou e quis lhe quebrar a cara. Por um triz não virou tragédia. Xingavam-se de paspalhos a plenos pulmões.

— Bem — disse Cascade —, se é assim vou ler na latrina, pelo menos não vou mais ver as caras de bunda de vocês, já que os incomodo para vocês baterem uma punheta mais longa ou mais curta, bando de cagões.

Tenho dito. O velho do 12º Regimento de Engenheiros, um verdadeiro RAT[13] que estava na outra ponta, cheio de diabete, se levanta. Joga para o alto seu urinol pela fileira dos vinte e dois leitos. Asperge toda a cambada. O urinol arrebenta numa janela. Duas freiras que sobem, faz-se silêncio. E depois, recomeça. Finalmente Cascade que estava lá [se arranca]:

— Não quero mais dormir — diz. — Vocês todos vão à merda.

Quer mais uma vez acender a vela.

— Vá tomar no cu, hê hê, idiota, e que fuzilem de verdade esse cara aí e que ele pare de nos encher o saco.

Para se ver até que ponto estavam de saco cheio.

Então, é verdade, Cascade foi para a casinha da latrina se sentar, já que era o lugar onde o bico do gás ficava aceso a noite toda.

Devia ser uma da madrugada.

— Me diga, Ferdinand, você não tem mais nada para ler?

Procurei na sala das enfermeiras. Eu sabia onde escondiam os livros, numa caixa de chapéu. Era *Les Belles Images*.[14] Havia volumes inteiros. Cascade pegou tudo. Apaixonou-se, pode-se dizer.

— Feche a porta — eu disse —, se vier alguém…

Ele fechou a porta. Uma hora e depois duas ainda se passaram. Ele continuava trancado lá dentro, eu não me atrevia a me levantar para que os outros não berrassem de novo.

Finalmente um tênue amanhecer avançou no alto do telhado em frente... Aquele que tinha um monte de rendilhados de zinco.

E depois foi uma voz que fez todo mundo dar um pulo, uma voz, porém, bastante suave, uma voz esquisita para um gendarme, quase uma voz de mulher, mas bem precisa, que sabia o que queria, na entrada do corredor da sala Saint-Gonzef:

— Vocês estão aqui com o soldado Gontran Cascade, do 392º Regimento de Infantaria, não estão?

— Ele está na latrina ao seu lado, gendarme — respondeu com todo o seu pulmão o artilheiro, o outro perto da porta.

A porta se abriu.

Cascade saiu. *Tac*, *tac*, ouvimos as algemas.

Havia outro tira que o esperava no final do corredor. Não tivemos praticamente tempo de rever Cascade, seu rosto, quero dizer. Ainda estava muito de noite.

Quatro dias depois foi fuzilado no acantonamento perto de Péronne onde seu regimento, o 418º de Infantaria, pegava catorze dias de descanso.

Eles me davam nos nervos, os outros no quarto, com suas façanhas. Quando enfim souberam que Cascade tinha sido fuzilado, todos começaram a disparatar a respeito de suas bravuras. De repente, todos eram heróis. Parecia que se desculpavam uns aos outros por terem sido tão perversos com ele nas últimas horas. Eles o emporcalhavam. Não falavam dele mas aquilo os atazanava, estava na cara. A ouvi-los, parecia que não tinham tido medo de nada na guerra. O soldado engenheiro Giboune, que atualmente ainda se cagava nas calças quando o avião de meio-dia passava por cima daquela espelunca, não parava de se pavonear a respeito de sua feridinha. Tomou bala de pelo menos três metralhadoras para que uma bala lhe entrasse por um lado e saísse pelo outro da bunda. Assim mesmo. Abloucoum, o *goumier** o dos furúnculos, que só pensava na sua fístula, ainda nunca tinha visto balas de verdade mas isso não impedia que tivesse tomado,

---

* *"Goumier"* era o soldado oriundo da África do Norte, na época da colonização francesa, recrutado entre a população local. (N. T.)

ele sozinho, como dizia, no Marrocos todo um acampamento indígena com uma tocha e o próprio grito. Pretendia ter lhes metido medo. Era por causa de Cascade que todos desandavam a falar asneira. Acho que muitos estavam, discretamente, com o coração bem apertado. Eles se guarneciam de lorotas para resistir aos golpes dos céus. Eu estava mais bem guarnecido que eles por causa da minha medalha e do meu lindo elogio, mas mesmo assim desconfiava. Em matéria de experiência, eu envelhecia um mês por semana. É no ritmo em que se deve ir para não ser fuzilado na guerra. Sou eu que lhes digo.

Seja como for, estavam enciumados. E olhem que eu não a mostrava. Só a punha para ir à cidade. Agora que Cascade tinha ido embora eu não tinha ninguém para me segurar se vacilasse numa vertigem. Não confraternizava muito com aqueles outros bananas. Começávamos a ser os parasitas do quarto. E por mais que fôssemos todos mais ou menos heróis, éramos um bocado hipócritas. A prova é que a gente nunca falava da L'Espinasse nem do que acontecia lá embaixo no lazareto. A gente só soltava aquilo que queria perder. Os mais feridos, os mais babões escondiam todas as suas intenções. Os agonizantes não eram sinceros. Vi alguns, quando a L'Espinasse passava, morrer como se fosse cena de comédia. É um fato. Eu a examinava bem, a safada, com seus véus gênero celeste e que fazia bolinagens nos mais ferrados, que se preparava para aplicar sondas bem gozosas, e ficava pensando que, no final das contas, no fundo ela talvez tivesse razão. Ela buscava a sinceridade, coisa que os outros não tinham. Com seu modo de ser a L'Espinasse me dava coragem. Quando passava à noite para me beijar, eu lhe tascava uma boa linguarada nas gengivas. E então a machucava um pouco. Sabia muito bem que era sensível. Começava a compreendê-la, eu, que sou honesto. O que quer dizer que ela se afeiçoava. Um dia me cochicha:

— Ferdinand, me entendi com o serviço da Praça. Por causa dos distúrbios no seu ouvido você pode ir dormir, enquanto espera seu comparecimento perante o conselho de cavalaria, no pequeno pavilhão que fica no fundo do nosso jardim. Mandaram pôr uma cama para você, que ficará mais descansado do que aqui. Ninguém vai incomodá-lo...

Eu tinha ouvido bem. Começava a conhecer a garota, pérfida e tudo. Era uma maneira esquisita de me isolar, aquele pavilhão. Bem, me mudo. Deixo o lugar para outro.

— Nunca mais vocês vão me ver, seus patifes. Vocês todos vão voltar para a morte no campo de batalha. Sou eu que vou comer vocês quando tiverem virado legumes debaixo da terra, entre a beterraba e os esgotos das latrinas.

Acharam muita graça. Para as brincadeiras eles não eram ruins.

— Cara-de-cu, engula as tuas tripas imundas, ei, cretino nojento, você vai prender os pés na sua medalha...

Era toma lá dá cá.

Eu me mudo. Inspeciono todo o pavilhão. Era correto. Parecia um lugar sincero, era [exatamente] no fundo de um jardim. Bem isolado. Nada a reclamar. Me traziam o rancho. Eu podia sair, ela tinha me dito, das dez às cinco horas.

Pego então as ruelas. Vomito discretamente sob os pórticos quando me dá vontade. Parece que agora, a quarenta quilômetros, é tudo frente de batalha, na vanguarda, na retaguarda. Fico pensando para onde iria se eu desse no pé. É terra podre por todo lado, pensava. Teria que poder passar para um país no estrangeiro onde ninguém se mata. Mas eu não tinha saúde, nem dinheiro, nem nada. É de dar nojo a quem viu meses a fio os comboios de homens e de todos os uniformes desfilarem pelas ruas como bancadas de salsichas, soldados de cáqui, reservistas, de azul-acinzentado, verde-maçã, sustentados pelas rodinhas que empurram todo esse picadinho para o grande pilão de moer bestalhão. Vão em frente, cantarolam, enchem a cara, voltam, sangram, enchem a cara, de novo, choramingam, berram, já está tudo podre, uma boa chuva, eis que o trigo cresce, outros bestalhões chegam de barco, ele muge, se apressa em desembarcar tudo, na água dá viravolta esse grande cetáceo, vira de bunda, o belo navio, no quebra-mar e ei-lo que parte de novo fendendo as ondas espumantes para ir buscar outros... Sempre contentes, os babacas, sempre na festa. Quanto mais são esmagadas, melhor crescem as flores, é minha opinião. Viva a merda e o bom vinho. Tudo para nada!

Que risco eu corria se passasse no L'Hyperbole? Nenhum. Iria ensinar coisas à garota Destinée se ela ainda não soubesse. Mas Angèle já lhe dera as dicas. Angèle não tinha ido embora da cidade. Qual o quê. Tinha simplesmente relações secretas no lugar. Eu também entendia isso. A Place Majeure estava cada dia mais abarrotada, como uma encruzilhada de todos os mundos. Eram uns em cima dos outros. Tinham posto passarelas para atravessarem melhor por cima das ruas que se cruzam. Havia mortos todo dia por causa dos bombardeios e da multidão de soldados, mas nunca se tinha produzido tanto nos arredores. No mercado era monstruoso. Flores sobretudo, as pessoas as disputavam. É extraordinário como a guerra faz vender buquês. Por várias razões. Havia uma sirene, em caso de perigo nos ares todo mundo supostamente se escondia nos sótãos. Era magnífico ver aquilo. Vi um batalhão inteiro ficar no L'Hyperbole durante a hora que durou o alarme. Quando terminou, não restava mais nada, nem um copo. Tinham bebido o cristal. Não estou inventando. Um canhão de 75 milímetros foi montado, de tanto que o tabelião morria de medo, com seus cavalos no primeiro andar. É isso. Para dizer a vocês que a coisa pegava fogo.

Quando estava tudo calmo, Angèle, a viúva, descia até a rua. De início eu não ousava abordá-la, ela não ficava longe do Estado-

-Maior inglês como antes. Justo na diagonal de onde eu a observava atrás da cortininha do L'Hyperbole. Destinée, no início, não tinha entendido quase nada, a grande fatalidade que caíra sobre Cascade. Não tinha uma natureza dada a entender. Chorava, sinceramente, pensando naquilo mas não sabia muito bem por quê. Continuava a morar no mesmo quarto em cima do café com Angèle já que o acerto tinha sido esse. E depois, primeiro ela estava bem cansada, Destinée, porque servia cisternas de todas as bebidas alcoólicas e aperitivos, ela sozinha, entre as trinta e cinco mesas do L'Hyperbole, até às dez da noite e desde às seis e quinze da manhã que era o horário regulamentar. E Angèle, que era inacreditavelmente perniciosa, eu soube mais tarde que ela ainda dava um jeito de chupá-la quando voltava para casa com a moça e a fazia gozar duas, três vezes. E quanto mais Destinée estava cansada de servir, mais isso excitava Angèle para fazê-la gozar, e quanto mais difícil mais lhe parecia gostoso. As pessoas são danadas.

Em suma, não era muito moral ir encontrar Angèle depois do que tinha acontecido, mas ela me viu voltando para lá sem surpresa. Fomos a outro café para conversar. Eu não me atrevia a lhe fazer críticas. Ela me tentava a fazê-las. Eu gostaria que ela me explicasse. Ela evitava esse ponto da conversa. Deixei Cascade de lado para me aproximar mais e boliná-la um pouco. Ela me deixava fazer. Para mim era difícil por causa do meu braço que quase me fazia berrar quando eu apertava muito e do meu ouvido que se enchia de barulho a ponto de explodir quando a minha fisionomia se congestionava. Ainda assim eu ficava de pau duro, era o principal. Atrás de meus nacos sangrentos eu imaginava sua bunda toda tensa de esperança. Eu voltava a ver a vida. Boa Angèle. Ela me sentia todo túrgido. Tinha olhos bem pretos e aveludados, cheios de doçura como a canção de Cascade, essa que ele já não cantaria. Ela ocupava todo o meu coração. Era ela que pagava todas as biritas. Eu não queria mais pedir dinheiro aos meus pais. Sentia-me orgulhoso e repugnado.

— Você tem razão — ela me encorajava.

Eu a vi se afastar pela Place Majeure. Ela passava entre os batalhões em descanso como o próprio espírito da alegria e da felicidade. Era um sulco gracioso que sua bunda desenhava no meio de cem mil quilos fedorentos de cansaço espojados ali em vinte mil homens mortos de sede. A praça fedia tanto que naqueles momentos ela apressava o passo. E depois voltava para passar pó de arroz, era seu gesto favorito, a uma boa distância do Estado-Maior do general V. W. Purcell. Ele ia embora por volta das onze horas com seus dois cavalos alazões, o general V. W. Purcell, no seu cabriolé amarelo e violeta, dar uma voltinha pelas trincheiras. Ele mesmo o dirigia, sem dar na vista. Era um homem da alta-roda. Dois oficiais montados ainda o seguiam de bem longe, o major da Irlanda B. K. K. Olisticle e o tenente Percy O'Hairie, uma verdadeira dama pela distinção e a esbeltez.

O truque de Angèle era deixar os oficiais ingleses caidinhos, só britânico, e da classe alta, esta que tem medo de ser vista trepando. Um dia dois dias, entendi. Eu não me atrevia a lhe pedir para ir ao seu quarto. Era delicado. Foi ela que propôs.

— Mas me diga — ela disse —, com a sua medalha você está muito bem, se apresenta bem. Você não sabe da ideia que tive ontem à noite ao me deitar com Destinée… Não… Pois é, fiquei cá pensando que você armaria muito bem um escândalo… faria de conta que é meu marido… Fiz isso em Paris com "Dédé das mãozinhas", sempre funciona, e além disso é gostoso.

Deixei que ela me explicasse.

— É assim, eu me dispo, como de costume, deixo o cara se esfregar um pouco… Quando ele está duro, bem duro, eu chupo… Então você entra de repente no quarto sem bater. Não virei a chave de propósito para fingir que estava fechada. E digo merda, é meu marido!... Então nesses casos, os ingleses, nem uma nem duas, parecem que vão ter um troço... Teve um com que eu fiz no Olympia e ele passou mal... São eles que oferecem grana, sempre eles, você não precisa se incomodar, eles sabem... Dei esse golpe vinte vezes com Dédé, por isso te digo que é canja... Não tem ninguém mais trouxa do que um inglês quando fica de pau duro e [algumas palavras ilegíveis] uns fortões... São uns babacas quando te veem entrar. Já não sabem como se fazer perdoar quando estão com o troço empinado. É engraçado. Eu me faço de comprometida. Dou gritos, fico rolando de rir mas disfarço. É uma verdadeira cena de cinema. Você vai ver. Me diga, você não quer... Você não vai se arrepender, mas eu é que direi quanto é que você vai levar...

— Combinado! — disse.

Eu também era a favor da emancipação do lar. Estava farto de não ter grana, de estar despedaçado na cabeça, desde as ideias, da orelha até o buraco do cu, queria me consertar de um jeito ou de outro.

— Vou cuidar de você. Vou foder com você como você nunca... Se for bonzinho, se for um bom garoto, vai me comer o grelo como eu gosto... Vai ser como se a gente estivesse casado. Primeiro, tenho dois anos a mais que você, sou eu que comando...

Eram intrigantes as palavras que ela usava, eu escutava e ela fazia a minha imaginação saltitar de alegria. Eu já não me comportava direito. Enquanto houver vício haverá prazer. Mesmo assim eu dedicava um pensamentozinho ao garoto Cascade e depois me virava e o pensamentozinho tinha desaparecido. Todo o presente era para Angèle, tudo pelo cu. A salvação passava por aí. Primeiro, não era hora de me desmanchar em escrúpulos. Dessa vez eu não me perderia mais nessas coisas da educação. O golpe que me atordoara tão profundamente havia como que me livrado de um enorme peso na consciência, o da educação, como se diz, nisso aí pelo menos eu tinha vencido. Ah! Aliás, olhando bem, eu já não tinha esse peso. Estava cheio até as tampas de me arrastar de um dia para outro com um crânio qual um terreno baldio, e mais ainda de uma noite para outra com minha cabeça qual uma fábrica e minhas sensações de paraquedas. Eu não devia mais nada à humanidade, pelo menos a essa em que a gente acredita quando tem vinte anos com escrúpulos grandes como baratas que perambulam entre todos os espíritos e as coisas. Angèle chegava em boa hora para substituir meu pai e até mesmo Cascade que apesar de tudo tinha algo de anterior à guerra, estou dizendo. Angèle era dada aos prazeres, tinha o gosto do estrangeiro, das trocas.

Bem. Se eu devesse substituir Cascade, precisaria me mostrar à altura desde o início, isto é, bem mais liberado. Reflito e depois avanço.

— Tudo bem — lhe digo —, conte comigo e para tudo.

Ela me leva ao seu quarto, quer dizer, ao de Destinée, para me explicar os gestos a fazer, em suma, ela me encena. Eu devia bater à porta que ficava à esquerda da cama do meio entre o toalete e a mala. Na verdade, era um guarda-roupa, e que cheirava a suor. Como quarto, era pobre, necessariamente, mas isso deixava os encontros ainda mais excitantes, ela disse.

— Porque, sabe, na terra deles essa gente já tem luxo demais...

Para me dar segurança, ela se despe. É a primeira vez que a vejo de combinação. Em matéria de nu, era do gênero ondulante e não muito alta, um tanto miúda até, em suma, algo delicado mas resistente. Vejo na mesma hora o que se passa com ela. Além dos olhos, seu gênero é a pele. A luz do dia batendo na pele das ruivas é terrível para quem está de pau duro. Não existe miragem igual a essa, nenhuma. De diversas garotas a gente consegue se defender, temos um jeitinho de resistir se necessário às ondas sobre a pele das louras, das morenas mais aveludadas, isto é, das mais carnudas, das bem-feitas, é tentador tocá-las como se fossem a própria vida, com um monte de dedos, uma vida que resiste um pouco, que permanece, é o fruto do paraíso, é evidente. Isso não tem limites, mas mesmo assim desenvolvemos pequenas resistências... Ao passo que a ruiva logo de cara puxa o animal. Ele sai, não pede nada, reconhece sua irmã, está contente.

Eis-me, portanto, chupando Angèle em pleno colchão. Isso também me fazia ter zumbido, com grandes reforços de pulsações. Achei que ia morrer. Mesmo assim ela me fez gozar, uma vez, duas vezes sem parar. Para ela não era nada. Mordi-lhe a parte interna das coxas. Só para punir um pouco. Então ela começa realmente a se divertir pra valer. Mesmo assim, eu não aguentava mais. Levanto-me para ir de novo vomitar um pouco. Faço de conta que apenas cuspi.

Eu precisava, afinal, aprender o macete do guarda-roupa. Já era hora avançada. Olhamos de novo ao longe a Place Majeure que não parava de viver, ela também, toda a sua vida de carne circulante entre os apitos de sirenes. Havia luz no Estado-Maior inglês. No entanto, era proibido.

— Amanhã, não esqueça de estar aqui a uma hora. Você vai ficar esperando no quarto enquanto eu trago alguém. Ninguém deve nos ver juntos na rua. Quando você ouvir passos na escada, vai para o esconderijo e vai olhar pela fechadura. Quando eu estiver pelada e ele estiver a postos você bate e entra na marra e com cara de espanto... O resto você vai ver, vai correr às mil maravilhas.

Apresso-me para voltar ao meu pavilhão. Também era um tanto inquietante minha maneira de estar isolado no fundo do jardim. Eu não podia fazer planos de tal forma ainda havia coisas a temer. A L'Espinasse veio fazer meu curativo e me pingar umas gotas no ouvido. Lá fora tinha o vento e a chuva de temporal e os cachorros que gritavam quando ela foi embora. São situações que a gente tem que imaginar.

Aferrei-me para pegar no sono. Era sempre preciso fazer o enorme esforço de não ceder à angústia de não poder dormir, nunca mais, por causa dos zumbidos que nunca terminarão, nunca a não ser junto com a vida. Peço desculpas. Insisto mas é a minha melodia. Azar, não fiquemos tristes. No dia seguinte, como eu ia dizendo, lá estava eu, quer dizer, dentro, entre a mala e o toalete. Não esperei muito tempo, talvez uma hora, uma voz suave e bem timbrada como se diz. Dou uma olhada. É um escocês, tira seu saiote, logo, logo está pelado. Também é ruivo e, nem se fale, musculoso como um cavalo. Começa lentamente, não abre a boca. Parece um alazão em cima dela. É muito simples. A passo, no trote, a galope, e depois pula o obstáculo, um solavanco de bunda, mais um, nada violento, ele fode que é uma beleza. Ela faz careta de tanto que ele mete. Eu tinha dito que ela era frágil. Ela olha para o meu lado. Hein, hein, ela faz com a boca.

Faz ainda mais careta. Não pode deixar de gozar, e ele também. De repente, ele lhe comprime a bunda com tanta força que parece que ela vai inteirinha levantar a barriga dele, de tanto que ele a aperta.

Suas mãos, ah, me fascinam enquanto ele trabalha, são uns ganchos sobre a pele de Angèle, ganchos bem espalhados, musculosos, peludos como o resto. Eu deveria ter saído do armário, me fingindo de indignado nesse momento, era a minha chance. Tanto mais que, tendo gozado, ele esperou um tempão, sempre sem falar, com o pênis exposto, e apenas arfava como quem correu muito. Eu me pergunto como é que ele iria reagir?

E mal recobrou os espíritos, trepou de novo em cima da garota. Ela ainda ofegava. Ele recomeçou tudo. Ela mal reagia, de tanto que o escocês era poderoso. Mesmo do fundo do meu armário ainda se ouvia ao longe o canhão, e agora dos dois lados da cidade. Eu estava de pau duro. Zumbia. Também quase me sufocava na minha cabana, sobretudo bem agachado como era preciso estar para vê-los. Me perguntava se afinal ele não ia matar a garota de tal modo o corpulento lhe dava uns tremendos trancos bem nas coxas. Qual o quê. Ela se deixava levar, no final, como se fosse um embrulho. Era mais que maleável. Só gemia um pouco! Ele a pusera de bruços, quer dizer, ele olhando para as costas dela. Ela estava pálida. Para mim, o espetáculo me prendia tanto e eu estava tão bem grudado na porta que de repente ela se abriu para a fúria dos dois, ali, bem embaixo. Pensei cá comigo que aquilo ia acabar mal. Com toda certeza o fulano fortão à beça vai me jogar no chão... Que nada! Nem sequer tremeu. Continuou a comer Angèle. Talvez pior ainda porque eu olhava para ele. Aquilo me desconcentrava, confesso. A garota estava em cima do cara completamente pelado e bem peludo, quase inconsciente. Já não reagia. Deixava-se balançar em meio a um ronco. Ali estava um homem que havia meses não tinha trepado. *Hop!* Ele lhe tascava mais uma galopada. Ela tentava se livrar dele e gritar. Ele a sufocava com sua boca. Finalmente ele gozou de novo um gozo brutal por causa das lágrimas, crispando as pernas como se lhe tivessem cravado bem no buraco do cu.

Então pensei que ia matá-la de tanto que ele gozava. De cada lado da bunda havia enormes sulcos de tal forma ele se crispava em cima da garota. E depois, bem devagarinho, relaxou como se também estivesse morto e ficou ali todo mole, pelo menos três minutos em cima dela. Eu não me mexia. Ele grunhiu e depois olhou para o meu lado e me sorriu muito gentilmente. Nem um pingo irritado. Põe um pé no chão, ei-lo em pé se vestindo ao lado da janela e sem me dirigir uma palavra. Remexe no bolso, tira uma libra, põe na mão da garota que continuava zonza de barriga para cima, recuperando o fôlego.

Apalpando a libra ela o recupera e olha para nós dois. Aquilo a espantava. O escocês tinha se vestido com o seu saiote, seu boldrié e sua bengalinha, feliz da vida. Abaixa-se para beijá-la, beija-a e continua sem dar uma palavra e vai embora. Empurra a porta bem suavemente. Era um sujeito despreocupado. Angèle, de seu lado, custava a se pôr novamente em pé. Apertava o baixo-ventre com as duas mãos. Andava com precauções para lavar a vulva no bidê. Ainda suspirava, eu também.

— Foi que nem um temporal — eu disse, eu, sempre poeta.

— Pode ser — ela responde —, mas você é que é um rematado idiota.

Essa, realmente não tinha réplica.

— Amanhã — ela disse — você não vai esperar dentro do cafofo. Vai se postar na esquina em frente, na varanda do L'Hyperbole, e depois vai olhar bem para a janela quando eu empurrar a cortina, você vai ver direitinho, não vai? E aí então vai subir... Não vai bater na porta. Vai empurrar. Entendeu?

— Entendi — eu disse.

— Então se arranque.

Quero beijá-la.

— Tome, coma a porra dele.

Ela pegava um monte, a mão cheia... Não insisti, mas não queria ofendê-la, não podia me permitir.

Eu também não passei uma noite boa. Perguntava-me se caso eu falhasse outra vez no seu negócio do golpe do michê como é que a Angèle ia reagir. Angèle era toda a minha esperança.

Em Peurdu-sur-la-Lys tratava-se de evacuar todos os doentes e os feridos, sobretudo os que já podiam andar. A cidade já não era nem um pouco segura. Na Place Majeure havia uma vertigem constante por causa das explosões. O bebedouro estava destruído. A praça estava de tal forma identificada[15] que os regimentos de passagem se atropelavam para se esconder, precipitavam-se nas ruazinhas como se fosse um incêndio. Havia pânicos piores do que nas batalhas e, para completar, com as gargalhadas por causa dos cafés que ficavam abertos até o último minuto. Vi um cara, um zuavo, chegar ao L'Hyperbole e ir parar rente ao balcão, empurrado por uma multidão de soldados que se amontoavam sob as arcadas por causa de um obus. O fulano só teve tempo de pedir um copo de vinho branco com xarope! E em seguida se curvou todo. Liquidado. Portanto, todo mundo estava meio grogue, até entre as mesas. Tinha que beber depressa. Paro por aqui.

No dia seguinte, à uma hora, bem adiantado, me posto onde Angèle tinha me dito. Espero as coisas. Estava quase calmo, casualmente. Do trem das equipagens à sede infinita e à poeira dos comboios, que não param de passar, do balanço dos caminhõezinhos que empurram todos os exércitos até o fundo das guerras, de uma roda que treme até a outra roda, até a corrente que cai, os dois cavalos que tropeçam sempre juntos, os dois mil e trezentos eixos que uivam pedindo graxa, esse eco de granizo que enche a rua inteira enquanto ele não passa. [*Frase dificilmente legível.*] Passa-se uma hora. Acho que Angèle não encontrou cliente. Passou a hora da *siesta* em que o inglês fode de bom grado, de noite está caindo de bêbado. No entanto, havia gente que saía do Estado-Maior inglês, gente bem alimentada. Gordos, velhos, jovens, de tudo, a cavalo, a pé, até de automóvel. Talvez eu tenha sido despedido?, pensava comigo, simplesmente.

Mais uma hora olhando as coisas. Destinée se aproxima de mim. Ela também não tinha entendido nada. Eu não explico nada. Ela me faz umas caras afetuosas. Tudo bem.

Bom. A cortina se mexe, não me engano, no segundo andar. Apresso-me tanto quanto consigo. Certamente eu tinha tomado uma grande resolução. Proíbo-me até as vertigens. Um andar. Dois andares. Não bato à porta. Dou um murro. Então o cara que está no colchão e em cima de Angèle dá um pulo. Era um velho, estava só de cueca cáqui. Em cima estava pelado. No rosto, carregava o pavor. Eu também. Estávamos os dois apavorados. Com essa, Angèle caiu na risada.

— É meu marido! — ela lhe diz às gargalhadas. — É meu marido!

Depressa ele mete o pau para dentro da braguilha. Tremia de alto a baixo, eu também. Ele estava tão apavorado que não percebia que fazíamos um simulacro. Ele estava com medo, ele me dava cara e coragem.

— *Money! Money!* — então lhe digo. — *Money!* — tremendo e corajoso com [*palavra ilegível*].

A Angèle insistia:

— Meu marido! Sim! Meu marido! My husband! My husband!

Ela se apresentava com as coxas bem arreganhadas, em cima da cama, com gestos bobos. Exagerava o band de husband que ela captara imediatamente como sendo uma palavra.

— Esse aí é manso, sabe. Bata na cara dele, Ferdinand — ela me encoraja em bom francês.

É verdade que ele era uma presa fácil para um debutante como eu. Os dias se sucedem e não se parecem. Tomo impulso, um golpe de esquerda não muito forte. Amasso-lhe um pouco a bochecha. No fundo, tenho medo de lhe fazer mal.

— Surre ele, ô idiota — ela me diz.

Recomeço. Era fácil, ele não se defendia. Tinha os cabelos brancos, com certeza tinha ao menos cinquenta anos. Então lhe mando um mais sólido bem no nariz. Sangra. Aí, a Angèle troca de disco. Começa a chorar. Joga-se no pescoço dele.

— Me proteja, me proteja — ela lhe cochicha. — Me pegue agora. Me fode agora — ela me diz baixinho —, seu cabeça-dura. Me fode.

Hesito.

— Mas faça o que estou te dizendo, seu veado. Tire o pau.

Tiro. Mas ela continua segurando o cara pelo pescoço. Ela o aperta e eu a aperto. Ela se põe na posição para que eu meta. Chora bem no rosto dele. Goza como um chafariz. Ele, então, é preciso dizer que tinha sensações de todas as cores. Prendia o nariz. Ela vasculhava a braguilha dele. Todos três ofegavam.

— Agora me tasca uns tabefes — ela me ordena.

Isso aí eu fazia de bom grado. Mando-lhe bem uma dúzia, de sacudir um burro. Ele então, com essa, acha que o assassinato vai recomeçar.

— Não! Não! — ele diz.

Pula para o bolso de sua túnica sobre a cadeira. Mostra-me sua grana, um punhado de notas de banco.

— Não pegue — ela me diz. — Vista-se e dê no pé.

Eu me reabotoo e me arrumo. Ele, então, insistia, queria de qualquer maneira que eu pegasse. Eu não ouvia o que ele dizia. Zunia demais. Vou até a privada para vomitar. Ele me ajuda, compassivo, me segura a cabeça, nada rancoroso.

Angèle falava inglês. Ela lhe explicava:

— My husband. His [honra], deixou-o doente! Doente! Sick!...

Eu me esbaldava de rir enquanto vomitava. Era cabeludo, o michê, até os ombros. O peitoral todo cinza, para falar a verdade. Seus olhos, necessariamente, ele não sabia onde metê-los.

— Perdão! Perdão! — ele me pedia.

Saí sem lhe conceder, dignamente, ora bolas. Esperei na escada uma meia hora. E depois voltei para o meu quartinho, não podia mais esperar. Não aguentava mais em pé. Tomara que funcione, pensava comigo mesmo.

Depois da sopa é Angèle que vem em pessoa e com o sorriso. O que me tranquilizava bastante.

— Quanto ele te deu? — perguntei.

— Não te interessa — ela responde —, mas está tudo bem.

Mesmo assim estava pálida, observei.

— Primeiro, o inglês não é quem a gente pensa que é, é um homem que vale mais que isso!

— Ah! — digo. — Como é que você descobriu?

— A gente conversou, só isso.

Ela me indicava que eu não entendia as sutilezas.

— E aí? O que você decidiu?

— Bem, pois é! Quando você foi embora dei a entender a ele que você era muito malvado! Que me martirizava! Que era ciumento e depravado às pampas!... Quanto mais eu contava mais ele queria que eu lhe contasse... Aí então quis ver se ele era rico pra valer. Isso aí, não é fácil ter certeza. Eles sempre mentem quando se trata da grana... Mas eu queria saber mesmo assim antes que eu me reservasse para esse babaca porque, imagine você, ele me propôs na mesma hora me levar para a Inglaterra...

— Essa não!

— E aí então ele quer que eu tenha por lá uma boa situação. Quantos anos você acha que ele tem?

— Cinquenta, por aí.

— Cinquenta e dois, ele me mostrou seus documentos e tudo. Mandei ele mostrar tudo. Ele é engineer... Do corpo de engenharia... É engenheiro, na verdade, é mais que isso, tem três fábricas em Londres, é isso que ele é.

Eu via que Angèle estava muito contente, mas também via que ela ia cair fora para sempre.

— Mas e eu?

— Ele não está zangado com você, sabe [chupa-chupa]? Fiz ele entender que no fundo você era um bom sujeito a não ser pelos seus grandes defeitos e sua violência, que você tinha aprendido na guerra, que era preciso te perdoar porque você estava completamente zonzo no ouvido e na cachola e que era até o mais valente do seu regimento, a prova é que tinha uma medalha. Ele quer te rever... Também quer fazer alguma coisa por você...

— Merda.

Eu não entendia mais nada.

— Amanhã às três horas nós todos vamos nos encontrar no bar na saída do canal, na eclusa, você sabe. Ande, vá, bata uma boa punheta, até logo, não quero deixar Destinée esperando, ela tem medo da noite, ela fecha a porta do térreo.

Pronto, deu no pé.

Mais quinze horas de relógio pela frente, fico pensando, antes do encontro. Prefiro não sair de casa. Sentia ao redor o destino tão frágil que era como uns estalidos por todo lado no soalho, nos móveis quando eu andava pelo quarto. Finalmente, não me mexi mais. Esperei. Por volta de meia-noite surge um fru-fru se mexendo no corredor, era a L'Espinasse.

— Você está bem, Ferdinand? — me pergunta atrás da porta.

Vou te responder? Me pergunto. Vou te responder? Com uma vozinha quase adormecida:

— Está tudo bem, senhora — digo eu —, está tudo bem...

— Então boa noite, Ferdinand, boa noite.

Não entrou.

No dia seguinte, no canal, passo diante do terracinho e perto do boteco. Passo pela eclusa e me ponho à espera atrás daquele choupo, a uns bons cinquenta metros, invisível. Observo. Não quero me expor. Ver primeiro. Espero. Eu começava a saber me servir da natureza que é uma questão de espera. Ela primeiro, chega e se instala. Pede uma cerveja com limonada. Engraçado, as modas do ano de 14 não duraram muito. Já era totalmente o oposto em 15. Um chapéu de feltro de campanha que parecia um capacete, que ela enfiava sobre os olhos com um veuzinho e que lhe aumentava ainda mais os olhos a ponto de só eles existirem no seu rosto. Esses olhos me atormentavam mesmo de longe, de onde eu estava. É fora de dúvida que Angèle tinha influência sobre as partes misteriosas da alma, como se diz.

O outro cretino chegou, o inglês "ingenir" bem devagarinho pelo caminho de sirga. Na verdade ele tinha uma barriguinha. Vestido, é curioso, parecia mais seus cinquenta anos do que pelado.

Em matéria de uniforme, era cáqui como os outros, o do engineer, e além disso devia ser do Estado-Maior porque usava a faixa vermelha no boné, e a bengalinha, é claro, e ainda as botas que valiam bem quinhentos francos.

Ele se posta diante dos olhos de Angèle e depois conversam. Quando já conversaram bastante eu me aproximo mancando para me fazer de bem ferido. Olho para ele a frio e ele tem um jeito bastante correto e até perfeitamente bondoso. Nós nos instalamos. Eu me ponho à vontade. Ele me olha com ternura, posso de fato dizer. Angèle também. Pouco a pouco me sinto como filho deles. Pedimos quatro garrafinhas de cerveja e uma refeição completa para mim. Os dois me mimam. Quando penso que é ali em frente que vi Cascade tentando se afogar. Trago essa lembrança do meu limo. Escondo-a. Não digo nada. Angèle é bastante esquecidinha, pensando bem. O major pergunta meu nome. Eu lhe dou. Ele me dá o seu. Cecil B. Purcell é como se intitula, major Cecil B. Purcell K. B. B. Passa-me seu cartão, está gravado. É do Corpo dos Engenheiros, está marcado em outro papel. A carteira de notas está cheia, repleta de cédulas. Olho de banda. Com o que vejo tem o suficiente para dar doze vezes a volta da terra e tanto e tanto que nunca mais te encontram.

— Imagine só, Ferdinand. Ele quer nos levar, nós dois, para a Inglaterra, o titim.

É assim que ela o chama desde ontem, o titim.

Ele então, de tanto me olhar, fica de olhos marejados. Gosta de mim, ora essa. Ela vê que ele gosta de mim. Caímos bem, não nos equivocamos.

O lindo sol das grandes ocasiões resplandece dos dois lados do canal. É o verão que nos faz a festa, que nos acolhe com seus ardores.

Mais uma cerveja. Querem-me bem de todos os lados. Nós três farfalhamos no calor, nos acariciando os ombros, e é a afeição da bela amizade. Para mim ficou fácil e natural gaguejar, porque estou com cara de muito bêbado. Basta me deixar levar por meus fenômenos e minhas pequenas lembranças pessoais, é muito fácil. Sou transposto num piscar [de] olhos para o surreal com minha torrente de música a pressão.

K. B. B. Purcell me passa a mão nos cabelos. Ele também se diverte. Vai tudo bem. A Angèle mantinha-se no seu lugar, mesmo assim.

— Se vira, Ferdinand — ela me cochicha quando a gente se levantava —, daqui a dois dias a gente dá no pé. Diga à sua rameira que você quer sua convalescença em Londres, que ele é a sua família, e que cuida de você.

Ficou combinado assim.

É verdade que eu tinha todos os elementos. A Inglaterra não me lembrava circunstâncias propriamente favoráveis mas mesmo assim era melhor do que o que tinham me [feito] degustar desde então.

— Combinado! — digo eu.

Também me sinto contente, sou eu que conduzo os dois. Vamos nos arrastando até a sirga de braços dados, nos escorando. Não vamos longe. Purcell entre nós dois. Paramos no terreno cheio de grama. Daqui vê-se direitinho a eclusa onde Cascade ainda… Quer dizer… Seu canto me vem à boca:

Eu sei…
Que você é bonita…
Que seus grandes olhos cheios de doçuras…

Ele gostava muito de me ouvir cantar, o Purcell. Gostava tudo de mim. Isso me fendia a alma. Não consegui soltar mais do que duas estrofes. Ele queria aprender tudo, Purcell, que escrevêssemos.

Era aquele canhoneio filho da puta que não parava mais. Quando não havia nenhum eu os reproduzia para mim sozinho. Ainda hoje posso reproduzir tiros de canhão perfeitamente imitados. A noitada finalmente terminou.

— Beije-a — eu disse a Purcell quando nos separamos —, beije-a.

E não posso dizer que não era sincero. Há sentimentos que estamos errados de não cultivar mais, eles renovariam o mundo, estou dizendo. Somos vítimas de preconceitos. Não ousamos, não ousamos dizer Beije-a! No entanto, isso diz tudo, diz a felicidade do mundo. Era a opinião de Purcell também. Então nos despedimos como amigos. Ele era meu futuro, Purcell, minha vida nova. Ao voltar expliquei tudinho à L'Espinasse. Fui buscá-la no Virginal Secours expressamente para isso. Ela fez uma cara muito feia. Então falei de outra maneira... Naquele quartinho, então, me defendi pela primeira vez da minha puta existência, com toda certeza. Não tinha três horas a perder.

— Preciso disso — eu disse. — Preciso disso ou irei lhes dizer na Place que você come os mortos.[16]

Eu não tinha testemunhas. Só muita cara de pau. Ela poderia ter me levado perante o tribunal por injúrias. Não haveria nem um só cagão da sala Saint-Gonzef que teria testemunhado em meu favor. Não tinham visto nada. Não sabiam de nada, é claro. Primeiro, me detestavam com minha medalha de merda e minhas liberdades conquistadas.

— Se você não me conseguir seis meses de permissão, está ouvindo, seis meses de permissão inteirinhos, não tenho mais nada a perder... Tão certo como sou Ferdinand vou te achar onde você estiver e te enfio meu sabre no bucho e vai ser difícil tirá-lo. Entendeu?

E além disso, eu o teria feito. Tinha meu futuro a defender.

— Para a Inglaterra! — acrescentei. — Para a Inglaterra.

— Não vai me dizer que você, Ferdinand, está pensando em?

— Penso. Penso. Só penso nisso.

— O que você vai fazer lá, Ferdinand?

— Cuide das suas tetas — respondi que nem Cascade.

Era um jeito muito curioso de falar mas mesmo assim deu certo.

Dois dias depois parti para Boulogne, com um belo mapa de estradas. Na estação, eu não me fiava. Não me fiava no embarque. Era bom demais. Até mesmo meus ruídos de tortura se tornavam excitantes. Nunca eu tinha ouvido nada tão especialmente magnífico como a sirene do navio atravessando minha algazarra. O navio estava lá, para mim, no cais. O monstro soprava. Purcell e a garota já deviam estar em Londres desde a manhã. Não havia guerra em Londres. Já não se ouviam os canhões. Mal e mal, quer dizer, um ou dois *bum* de vez em quando bem raros, bem fracos, lá mais longe que o último [marulho] da linha de flutuação, mais longe que o céu, era o caso de dizer.

Havia um monte de civis no barco, era uma tranquilidade, falavam de uma coisa e outra como antes de a gente ter sido condenado à morte. Arrumavam seus pertences bem comodamente para a travessia. É estranho e muito tocante ver o barco, de novo a sirene, o bom, o belo, o grande barco. Ele tremulou com toda a sua carcaça, ou melhor, estremeceu. A superfície da bacia estremeceu imediatamente, de vez. Deslizamos ao longo das docas bem pretas dos quebra-mares de [*palavra ilegível*]. As ondas chegaram. *Yup!* Subimos em cima delas. *Yup*... mais forte!... e descemos. Chovia.

Setenta francos eu tinha para viajar, me lembro. Agathe os

havia costurado no meu bolso antes de partir. Boa Agathe, apesar de tudo. Voltaríamos a nos encontrar.

Os dois quebra-mares se tornaram minúsculos acima das espumas cavalgantes, espremidas entre seu pequeno farol. A cidade, lá atrás, se encarquilhou. Ela também se fundiu no mar. E tudo balançou no cenário das nuvens e na enorme espádua formada ao largo. Tinha terminado aquela porcaria, a terra de França tinha [espalhado] todo o seu esterco da paisagem, enterrado seus milhões de assassinos purulentos, seus bosquezinhos, suas carcaças, suas cidades multilatrinas e seus fios infinitos de obuses miriamerdas. Não havia mais nada, o mar tinha tragado tudo, coberto tudo. Viva o mar! Para mim, já não se tratava de vomitar. Eu não podia mais. Tinha todas as vertigens de um barco no meu próprio interior. A guerra também me dera um mar, para mim sozinho, um ribombante, um bem barulhento na minha própria cabeça. Viva a guerra! A costa tinha acabado, primeiro, talvez um pequeno debrum, muito fino, bem perto do fim do vento. À esquerda do pontão lá longe ainda era a Flandres, já não a víamos.

Destinée nunca mais a revi, de fato. Nem sequer nunca mais soube notícias suas. Os donos do L'Hyperbole na certa fizeram fortuna, então a demitiram. É curioso, tem seres assim, eles estão carregados, chegam do infinito, vêm exibir diante de você sua grande tralha de sentimentos, que nem no mercado. Não desconfiam, desembalam sua mercadoria de qualquer jeito. Não sabem como apresentar direito as coisas. Você não tem tempo de remexer nas coisas deles, necessariamente, você passa, não se vira, você mesmo está apressado. Isso deve lhes causar tristeza. Será que eles recolhem? Desperdiçam? Não sei. Que fim levam? Não se sabe rigorosamente nada. Talvez recomecem até que não lhes sobre nada? E aí, para onde vão? É enorme a vida, pensando bem. A gente se perde por toda parte.

O MANUSCRITO
Folhas selecionadas

*"Essas coisas aconteciam no hospital da Parfaite-Miséricorde
no dia 22 de janeiro de 1915 em Noirceur-sur-la-Lys."*
("Ces choses se passaient à l'hôpital de la Parfaite-Miséricorde
le 22 janvier 1915 à Noirceur-sur-la-Lys.")
Primeira sequência, folha 38.

"Em matéria de atordoado, impossível estar mais."
("Question d'être sonné on pouvait pas mieux faire.")
Segunda sequência, primeira folha.

29

*"O cabo Ferdinand foi citado na ordem do dia do Exército
por ter tentado sozinho liberar o comboio."*
("Le brigadier Ferdinand a été cité à l'ordre du jour
de l'armée pour avoir tenté seul de dégager le convoi.")
Terceira sequência, folha 29.

3

[manuscrito manuscrito]

"É um filho da puta, o passado, ele se funde no devaneio."
("C'est putain le passé, ça fond dans la rêvasserie.")
Quinta sequência, primeira folha.

*"Eu não devia mais nada à humanidade, pelo menos a essa
em que a gente acredita quando tem vinte anos."*
("Je devais plus rien à l'humanité, du moins celle
qu'on croit quand on a vingt ans.")
Sexta sequência, folha 10.

Guerra na vida e obra de
Louis-Ferdinand Céline

"Peguei a guerra na minha cabeça." Por si só, esta última
frase da primeira folha do manuscrito encontrado de *Guerra* resume o que ele representa tanto na vida de Louis Destouches como na obra de Louis-Ferdinand Céline. Durante toda a sua vida,
o médico e escritor repetirá que sofre das sequelas de um ferimento na cabeça decorrente de uma missão que efetuava para
seu regimento no dia 27 de outubro de 1914. Quanto às reper-
cussões da Grande Guerra no conjunto de sua obra, até mesmo
em seus escritos polêmicos, elas foram objeto de vários estudos.
Esta confissão: "Agora estou treinado. Vinte anos, a gente aprende. Tenho a alma mais dura, como um bíceps. Já não acredito
nas facilidades" leva a supor, conquanto ele tivesse vinte anos por
ocasião dos acontecimentos, que Céline escreve vinte anos mais
tarde, ou seja, em 1934.

Se *Guerra* não encena o soldado couraceiro em combate, o
livro começa quando seu herói, Ferdinand, acaba de ser ferido e
acorda, único sobrevivente, no meio de seus companheiros mortos. Vagando pelo campo, ele cruza com um soldado inglês com

quem tenta chegar à cidade de Ypres. Depois de ter desmaiado, acorda num primeiro hospital de campanha, uma *ambulance*, como se dizia na época, instalado numa igreja que logo seria bombardeada. É então levado de trem para um segundo hospital militar, numa cidade a que ele chama de Peurdu-sur-la-Lys, onde será operado. Essa temporada de várias semanas ocupa a maior parte do relato e termina com um embarque para Londres graças a uma prostituta, viúva de um companheiro de quarto que acaba de ser fuzilado. A continuação das aventuras de Ferdinand será contada em *Londres*, o outro manuscrito encontrado.

O paralelo com a biografia do escritor é evidente: Louis Destouches de fato foi ferido em missão e foi internado em dois hospitais, em Ypres e em Hazebrouck, onde foi operado. Dois ferimentos comprovados. Foi gravemente ferido no braço direito, o que lhe valeu várias intervenções; também sofreu um importante choque na cabeça, embora não se trate de um ferimento por bala como ele escreve aqui com todo o seu exagero romanesco.

De fato, muito depressa o romance se impõe à realidade; em *Guerra*, embora baseado nesses fatos reais, o relato dos acontecimentos que se desenrolam entre seus ferimentos e sua partida para Londres é amplamente saído de sua imaginação. Os traços de personalidade dos personagens principais — Bébert, que se torna Cascade, soldado ferido e gigolô de profissão, a srta. L'Espinasse, provavelmente inspirada na enfermeira Alice David,[1] a quem se atribui uma ligação com Louis Destouches, e Angèle, prostituta e mulher de Cascade — parecem muito fortemente acentuados. Além disso, Destouches não parte para Londres no final de sua hospitalização; é transferido para o hospital do Val-de-Grâce e fica vários meses em Paris antes de embarcar para a Inglaterra. No entanto, inúmeros outros elementos de seu relato fazem eco tanto à sua vida como ao resto de sua obra, principalmente a *Viagem ao fim da noite*, *Morte a crédito* e *Casse-pipe*.

"Tenho em mim mil páginas de pesadelos em reserva, o da guerra ocupa naturalmente o primeiro lugar", escreve Céline a Joseph Garcin em 1930,[2] quando redigia seu primeiro romance. Mas se esse livro começa pelo alistamento de Ferdinand Bardamu e sua participação na guerra, isso só ocupa, no fim das contas, as primeiras quarenta páginas do livro. Bardamu começa a evocar sua guerra, dizendo: "Fizeram-nos montar a cavalo e depois, ao cabo dos dois meses que passamos ali em cima, nos puseram novamente a pé" — o que ecoa no ferimento do segundo-sargento Destouches, ocorrido quando ele cumpria a pé uma missão, contrariamente à representação que será dada no *L'Illustré National* do couraceiro a cavalo em plena ação. E o relato desse episódio termina com a seguinte frase: "E depois aconteceram coisas e ainda mais coisas, que não é fácil contar agora, porque os de hoje já não as compreenderiam".[3] Algumas páginas adiante, ficamos sabendo que ele foi ferido e que recebeu uma medalha que lhe é entregue no hospital. Portanto, não se trata da missão que lhe valeu o ferimento nem das semanas de hospital que se seguiram. É em *Guerra* que encontramos o herói de quem só conhecemos o prenome, Ferdinand, e a cidade de Noirceur-sur-la-Lys, apenas evocada, porém, numa folha de outra versão do manuscrito,[4] o que nos leva a deduzir que o nome de Peurdu-sur-la-Lys dela deriva. É neste livro que também figuram o cavaleiro Kersuzon, que morre no *Viagem*, e que Ferdinand vê aparecer em *Guerra* na companhia de outros camaradas quando ele delira; e o general Céladon des Entrayes, que aqui se torna Métuleu des Entrayes, o qual lhe aparece também em *Guignol's band II* durante uma alucinação.[5]

As proximidades de *Guerra* com *Morte a crédito* são mais numerosas e remetem diretamente à vida do jovem Louis Destouches.

Aqui, Ferdinand pensa em suas temporadas de adolescente na Inglaterra ("A Inglaterra não me lembrava circunstâncias propriamente favoráveis mas mesmo assim era melhor do que o que tinham me [feito] degustar desde então"), que foram amplamente transpostas por Céline em *Morte a crédito*, e evoca suas dificuldades de aprender a língua inglesa ("Eu, que não queria soltar doze palavras quando estava lá para aprender a língua, me ponho a conversar com o cara de amarelo"), quando ele fala com o soldado inglês que encontra. Ele se lembra ("Isso me lembrava o tempo em que eu ia à cata de clientes para a lo[ja]com minhas amostras de cinzeladuras, ao longo de todo o bulevar e que terminou tão mal") de que foi empregado de um joalheiro (Gorloge em *Morte a crédito*, Wagner na verdade) especializado em cinzeladura, que ele teve de deixar depois de ter tido um escrínio roubado.

Em *Guerre*, os pais de Ferdinand têm uma pequena loja na mesma Passage des Bérésinas de *Morte a crédito*, e sua mãe, que ora se chama Célestine, ora Clémence, como no romance, tem um comércio de rendas. Eles vão vê-lo no hospital e são recebidos na casa de um colega do pai: o pai do escritor é redator da companhia Le Phénix, o de Ferdinand é agente de uma companhia chamada La Coccinelle, como em *Morte a crédito*. Na verdade, Paul Houzet de Boubers,[6] aqui transformado em sr. Harnache, visitava Louis Destouches no hospital e recebeu seus pais quando foram visitar o filho em Hazebrouck. Os presentes que lhe levam no hospital remetem àquele levado pelos Destouches aos Houzet, como é atestado numa carta de agradecimento da sra. Houzet a Marguerite Destouches.[7]

Ferdinand também faz referência à leve claudicação de sua mãe: "Ela mancava", "seu gambito ignóbil e magro", mas também "Minha mãe, com sua perna de 'lã', como ela dizia, penava para subir cada andar",[8] e sabe-se que essa referência corresponde à perna atrofiada de Marguerite Destouches, provável sequela de uma poliomielite.[9]

Ao contrário das relações de Louis Destouches com os pais,

que desde a publicação de suas cartas de juventude[10] sabemos serem afetuosas, as de Ferdinand com os seus são em *Guerra* mais conflituosas ainda do que em *Morte a crédito*. "Nunca vi ou ouvi alguma coisa tão nojenta quanto meu pai e minha mãe", ele escreve, mostrando uma real virulência em relação a eles.

Como em *Morte a crédito*, e de maneira muito crua, o sexo é onipresente em *Guerra*, tanto no hospital como na cidade, onde Angèle exerce sua profissão aliciando os soldados aliados da guarnição. A música cantada por Cascade, seu gigolô mas também seu marido, na quarta sequência, "Eu sei que você é bonita", é igualmente usada por Céline em *Morte a crédito*, em *Guignol's band* e em *Féerie pour une autre fois*.

Por fim, Céline faz várias vezes referência a *La Volonté du Roi Krogold*, que se sabe que foi escrito antes de *Morte a crédito*, já que aí é citado. Seus principais personagens — Gwendor, Joad, Thibaut e Wanda — aparecem nos dois textos. Uma edição completa de *La Volonté* será conhecida proximamente a partir dos manuscritos encontrados.

Casse-pipe, de que só conhecemos uma parte, embora algumas sequências acabem de ter sido encontradas, inspira-se nos dois anos que Louis Destouches passou no 12º Regimento dos Couraceiros em Rambouillet. Por muito tempo se pensou que o *Guerra* de que Céline falava nas cartas a Robert Denoël e Eugène Dabit em 1934[11] era na verdade *Casse-pipe* — tanto mais que em "L'Histoire de *Casse-pipe*", que Céline conta em 1957,[12] os soldados arrombam o cofre do regimento, o que leva o sargento desesperado a se precipitar para o front de cabeça baixa, com seus homens, e o que explicaria que eles tenham ido, como se diz, ao *casse-pipe*.* Portanto, pode-se legitimamente pensar que a con-

---

* "*Aller au casse-pipe*" significa ir morrer na guerra. (N. T.)

tinuação lógica de *Casse-pipe* retraçaria a mobilização de agosto de 1914 e os três meses passados no front até a missão e o ferimento do autor, mas infelizmente esse episódio ainda está faltando. Nessa hipótese, *Guerra* viria em seguida e poderia ser o final de *Casse-pipe*... Isso permanecerá uma teoria a não ser que um dia ressurja mais um manuscrito que venha confirmá-la ou infirmá-la. Em todo caso, esse episódio do cofre do regimento é evocado três vezes em *Guerra*: "A lembrança da sacola da grana", "E depois, pensei na sacola, em todos os furgões [do regimento] bem saqueados" e "A meu ver, eles ainda não tinham falado do cofre do regimento que também tinha sido destruído, desaparecera na aventura, e no entanto isso era, em resumo, o mais grave para aquela cambada de rematados patifes me pegarem". Esse momento de desvario dos soldados explica que Ferdinand tenha tanto medo dos resultados do inquérito perante o conselho de guerra justo quando ele acaba de ser recompensado por sua bravura.

Finalmente, em *Guerra*, Ferdinand anuncia à moça da cantina, a sra. Onime: "Morreu como um bravo", sem especificar de quem está falando, o que torna essa alusão incompreensível. Se é possível que evoque o marido dela, cantineiro, também se pode fazer a ligação com essa sequência de *Casse-pipe* em que a cantineira, a sra. Leurbanne, junto a quem Ferdinand tem dívidas, é suspeita de ter uma ligação com o suboficial Lacadent.[13]

Mas *Guerra* prefigura igualmente *Guignol's band*. O nome de Cascade (cujo regimento de origem varia: 70º, e depois 392º e 418º), que de repente substitui o de Bébert no início da terceira sequência, encontra-se em *Guignol's band*, embora possa não se tratar do mesmo personagem, já que ele foi fuzilado. O Cascade de *Guignol's band*, cuja mulher também se chama Angèle, é igualmente um gigolô. Seu sobrinho, Raoul Farcy (Roger, irmão de Cascade, em *Guignol's band II*), também é fuzilado porque se mutilou voluntariamente, mas na mão esquerda,[14] mais um ponto de semelhança com o personagem de *Guerra*.

Como o presente manuscrito desapareceu em 1944, para grande desespero de seu autor, é impossível saber o que Céline teria feito dele. Mas todos esses elementos permitem inscrevê-lo de modo coerente em sua obra e na cronologia que forma sua trama narrativa. *Guerra* preenche um vazio sobre um episódio capital da vida e da obra do escritor, com um relato que, embora sendo a primeira versão, é amplamente representativo de sua escrita.

Lista de personagens recorrentes

AGATHE, *ver* L'ESPINASSE (SRTA.).

ANGÈLE: prostituta, mulher de Cascade (Bébert); tem dezoito anos, diz Cascade, mas ela também dirá que tem dois anos a mais que Ferdinand, que deve ter vinte anos. Seu personagem, igualmente presente em *Londres*, prefigura a Angèle, mulher de Cascade Farcy, em *Guignol's band*.

BÉBERT (Gontran): ele se torna Gontran Cascade e diz que na verdade se chama Julien Boisson. Acaba fuzilado. Em *Guignol's band*, um sobrinho de Cascade Farcy, Raoul (que se torna Roger, irmão de Cascade), é fuzilado porque se automutilou.

CASCADE, *ver* Bébert.

DES ENTRAYES, general, aqui chamado de Métuleu: coronel (aliás, general) Céladon des Entrayes em *Viagem ao fim da noite* e Des Entrayes em *Guignol's band* e *Féerie pour une autre fois*.

FERDINAND: narrador, duplo de Céline.

GWENDOR: personagem de *La Volonté du Roi Krogold*, príncipe desleal de Christianie, morto pelo Rei Krogold.

HARNACHE (SR.): agente de seguros que trabalha na mesma companhia do pai de Ferdinand. Seu modelo é Paul Houzet de Boubers, agente da companhia de seguros Le Phénix, onde trabalhava o pai de Céline, em Hazebrouck.

JOAD: personagem de *La Volonté du Roi Krogold*, namorado de Wanda.

KERSUZON: cavaleiro, amigo de Ferdinand, morto em combate. Podemos encontrá-lo em *Viagem ao fim da noite*, em *Bagatelles pour un massacre*, e ele será personagem central das sequências encontradas de *Casse-pipe*.

KROGOLD: rei da lenda do mesmo nome, conhecida por alguns trechos em *Morte a crédito* e que está também nos manuscritos encontrados. Pai de Wanda, tem uma fortaleza, Morehande, e matou Gwendor.

LE CAM: cavaleiro, colega de Ferdinand, morto em combate. É encontrado em *Casse-pipe*.

LE DRELLIÈRE: cavaleiro, provavelmente o sargento de quem depende Ferdinand, morto em combate.

L'ESPINASSE (SRTA.): enfermeira em Peurdu-sur-la-Lys. Seu nome é Aline, e pode também ser a Agathe do fim do relato. Provavelmente inspirada em Alice David, a enfermeira de Hazebrouck a quem se atribui uma ligação com Céline.

MÃE DE FERDINAND: chamada por seu marido, pai de Ferdinand, de Célestine e depois de Clémence (como em *Morte a crédito*).

MÉCONILLE: médico-major que opera Ferdinand. O médico que operou Céline em Hazebrouck se chamava Gabriel Sénellart. Embora às vezes sejamos tentados a ler Mécouille* no manuscrito, é esta a grafia mais provável.

MORVAN: personagem de *La Volonté du Roi Krogold*; pai de Joad, é morto por Thibaut.

ONIME (SRA.): cantineira. Em *Casse-pipe*, a cantineira, sra. Leurbanne, é suspeita de ter uma ligação com o sargento Lacadent.

---

* "Mécouille", referência a *"mes couilles"*, "meus colhões". (N. T.)

PAI DE FERDINAND: trabalha, como o sr. Harnache, em La Coccinelle, empresa equivalente à companhia Le Phénix, onde trabalha Fernand Destouches.

PURCELL: major Cecil B. Purcell K. B. B., engenheiro; cliente de Angèle, é graças a ele que ela e Ferdinand partem para Londres. Será um dos personagens de *Londres*.

THIBAUT: trovador, personagem de *La Volonté du Roi Krogold*; mata Morvan, pai de Joad.

WANDA (princesa): filha do Rei Krogold, personagem de *La Volonté du Roi Krogold*.

Notas

GUERRA [pp. 23-135]

1. Para as referências a outros textos do autor ver "*Guerra* na vida e obra de Louis-Ferdinand Céline", p. 143.

2. Alusão a *La Volonté du Roi Krogold*, que Céline escreveu e usou em *Morte a crédito*. Ver "*Guerra* na vida e obra de Louis-Ferdinand Céline", p. 143.

3. O manuscrito comporta uma última folha que, visivelmente, não está no lugar certo, já que dizem a Ferdinand que ele será operado no dia seguinte, o que só acontecerá na segunda sequência. Não sendo possível inseri-la em lugar nenhum deste manuscrito, ela corresponde, provavelmente, a outra versão do texto. Aqui está a transcrição: "— Tome cuidado! — eu berrei então. — Tome cuidado!... — ainda mais alto./ — Acalme-se, meu amigo — a senhora responde —, acalme-se... Pronto... você vai beber isto e depois só será operado amanhã de manhã./ Essas coisas aconteciam no hospital da Parfaite-Miséricorde no dia 22 de janeiro de 1915 em Noirceur-sur-la-Lys, por volta de quatro horas da tarde".

4. Qualificado de general mais acima, mas as quatro estrelas eram na época usadas pelos "comandantes" (chefes de esquadrão ou de batalhão).

5. Céline aplicou-se para escrever as duas frases do artilheiro de língua cortada.

6. A administração da guarnição.

7. O ferido, anteriormente chamado de Bébert, aqui se torna Cascade

pela primeira vez, provavelmente porque Céline intercalou novas páginas no início desta sequência. Breve terá um nome e um verdadeiro sobrenome. Várias vezes é renomeado Bébert, mas o nome de Cascade agora prevalece.

8. Trecho muito corrigido, cujo significado é incerto.

9. Céline acrescentara "1917", mas o riscou.

10. Diminutivo familiar de Louis Destouches; Céline também o utiliza uma vez em seu livro *Morte a crédito*.

11. Embora não tenha riscado esta página, Céline começou aqui uma outra, mas parou sem terminar a terceira frase: "Todo mundo nos dava então uma olhadela de compaixão, para Cascade e para mim, nós que nada dizíamos. Era minha medalha militar que festejávamos. A sra. Harnache não parava de se agitar entre a cozinha e a sala de jantar". Isso poderia substituir o início da página ou servir de conclusão do parágrafo, retomando seu tema.

12. Céline retoma aproximadamente o refrão de "Je sais que vous êtes jolie", canção de Henri Poupon e Henri Christiné, escrita em 1912.

13. Réserve de l'Armée Territoriale (Reserva do Exército Territorial), que reúne os soldados mais velhos.

14. Semanário infantil criado em 1904.

15. No original, *"repéré"*, que em linguagem militar significa que o inimigo tem objetivos naquela zona e pode dar início a bombardeios com conhecimento de causa.

16. Céline riscou estas cinco últimas palavras que restabelecemos para melhor compreensão.

GUERRA NA VIDA E OBRA DE LOUIS-FERDINAND CÉLINE [pp. 143-9]

1. Ver Pierre-Marie Miroux, *Céline: Plein Nord* (Paris: Société d'Études Céliniennes, 2014).

2. Louis-Ferdinand Céline, *Lettres*. Org. de Henri Godard e Jean-Paul Louis. Paris: Gallimard, 2009, p. 297. (Coleção Bibliothèque de la Pléiade).

3. Id., *Voyage au bout de la nuit*, em *Romans I*. Org. de Henri Godard. Paris: Gallimard, 1981, p. 47. (Coleção Bibliothèque de la Pléiade). [Ed. bras.: *Viagem ao fim da noite*. Trad. de Rosa Freire d'Aguiar. São Paulo: Companhia das Letras, 2023, pp. 18, 55.]

4. Ver nota 3 de *Guerra*.

5. Louis-Ferdinand Céline, *Romans III*. Org. de Henri Godard. Paris: Gallimard, 1988, pp. 429-30. (Coleção Bibliothèque de la Pléiade).

6. Ver as cartas de Céline aos pais em Louis-Ferdinand Céline, *Devenir Céline: Lettres inédites de Louis Destouches et de quelques autres* (1912-1919). Org. de Véronique Robert-Chovin (Paris: Gallimard, 2009).

7. Ibid., p. 79.

8. Era "Minha mãe com sua perna de lã", em *Morte a crédito* (Louis-Ferdinand Céline, *Romans I*, op. cit., p. 546. [Ed. port.: *Morte a crédito*. Trad. de Luiza Neto Jorge. Lisboa: Livros do Brasil, 2023]).

9. François Gibault, *Céline 1894-1932: Le Temps des espérances*. Paris: Mercure de France, 1977, pp. 32-3.

10. Louis-Ferdinand Céline, *Devenir Céline*, op. cit.

11. "Enfance — La Guerre — Londres" numa carta a Eugène Dabit de 14 de julho de 1934 (Louis-Ferdinand Céline, *Lettres*. Org. de Henri Godard e Jean-Paul Louis. Paris: Gallimard, 2009, pp. 430-41) e "Enfance — Guerre — Londres", numa carta a Robert Denoël de 16 de julho de 1934 (Pierre-Edmond Robert [Org.], *Céline et les Éditions Denoël*. Paris: Imec, 1991, p. 63).

12. Ver "Casse-pipe" em Louis-Ferdinand Céline, *Romans III*, op. cit., p. 65.

13. Ibid., p. 68.

14. Ibid., pp. 268-9.

ESTA OBRA FOI COMPOSTA PELO ESTÚDIO O.L.M./ FLAVIO PERALTA EM ELECTRA
E IMPRESSA EM OFSETE PELA GRÁFICA BARTIRA SOBRE PAPEL PÓLEN BOLD
DA SUZANO S.A. PARA A EDITORA SCHWARCZ EM MAIO DE 2024

A marca FSC® é a garantia de que a madeira utilizada na fabricação do papel deste livro provém de florestas que foram gerenciadas de maneira ambientalmente correta, socialmente justa e economicamente viável, além de outras fontes de origem controlada.